Elogios para *Insurrecta*

"El libro es divertido y ameno. Te lleva de una historia
a la otra sin dificultad. Aprecio la introspección
de tus vivencias sin perder la perspectiva jocosa".

W. I. Colón Pérez

"¡Estoy impresionada! Leí tu libro y está hermoso.
Mantienes ese tono jovial y casual tan tuyo.
Te has crecido como narradora".

Y. Díaz Serrano

"*Insurrecta* nos acerca a un entramado de situaciones
y circunstancias delirantes y alucinantes en las cuales
vemos reflejadas nuestras 'realidades' como si fuese
un inconsciente colectivo. Los relatos, magistral
y mágicamente presentados, nos ponen en contacto
con emociones universales que van desde la alegría
hasta la ira; de pensamientos diáfanos como la paz hasta
insondables como la nostalgia y la confusión".

M. López Feliciano

"Muy interesante. Nunca pensé que tuvieras ese arte
en ti. Siempre supe que eres sumamente brillante, pero
no pensé que tuvieras ese dote de escritora".

R. Lugo Bonilla

Elogios para *Esquizofrénica*

"A través de las páginas de *Esquizofrénica*, Bella captura
episodios diarios de una vida increíble. La autora nos recrea
momentos reales y los teje de ficción en una narrativa llena
de cotidianidad, jovialidad y sátira. Nos lleva del campo
a la ciudad, nos divierte entre la música y el baile, y nos
envuelve en lazos de amor y amistad. Tal cual la definición
del trastorno a que hace referencia en el título, *Esquizofrénica*
nos altera el pensamiento, la percepción, las emociones
y la voluntad entre cuento y cuento".

Carmencita Otero Martínez "Carmencita DJ"

"*Esquizofrénica* es un libro de realidades contadas de manera
jocosa y refrescante. Una vez comienzas a leerlo,
no lo puedes soltar".

Isabel Guevara Morey

"En *Esquizofrénica*, Bella nos lleva en un viaje que comienza
dondequiera y termina en los recesos de nuestra imaginación.
Sin divagar mucho en trivialidades, la autora va directo a la
médula del asunto; desde lo cotidiano hasta lo sublime. Mira
el mundo que la rodea a través del prisma de una mujer
independiente; con algo que decir sobre su Tribu y la frágil
condición humana. Todo cuidadosamente bordado en un tapiz
colorido y lúcido de palabras y pensamientos.
Altamente recomendado".

José Fernández Lopategui

"*Esquizofrénica* es un libro para todas las edades, pues
es el retrato vivo del compartir de una familia desde sus
raíces hasta sus ramas, con frutos incluidos. Fui parte de las
experiencias castrenses de la autora y como hijas, madres
integrantes del universo, la conexión prevalece".

Nilsa Priscilla Rodríguez

Insurrecta

Bella Martínez

Nació en Río Piedras, Puerto Rico. Su familia fue, es y será el pilar de su vida y de su obra. Bella obtuvo su Bachillerato en Ciencias Naturales de la Universidad de Puerto Rico, recinto de Río Piedras. Cumplió su primer término militar y concluyó sus estudios de Maestría en Administración de Servicios de Salud y Métodos Cuantitativos en Central Michigan University. Bella publicó su colección de crónicas y cuentos cortos, *Esquizofrénica*, en el 2016 y mantiene contacto con sus seguidores a través de su blog *La vida es divertida... atrévete a vivirla* en: isapatvaz.blogspot.com. Sus escritos también forman parte de varias antologías literarias internacionales; entre ellas, *Divina: la mujer en veinte voces* de Ediciones Scriba NYC, premiada en los *International Latino Book Awards 2019* de Los Ángeles, California y de varias ediciones del poemario *Siglema 575: poesía minimalista*, que Ediciones Scriba NYC publica anualmente desde el 2014.

Insurrecta

*Crónicas esquizofrénicas
de una vida indómita*

Bella Martínez

Colección Tinglar

Ediciones  Scriba NYC

Insurrecta: Crónicas esquizofrénicas de una vida indómita
© 2019 Bella Martínez
Ediciones Scriba NYC
Colección Tinglar – Narrativa breve

Edición: Patricia Schaefer Röder
Diseño de portada: Jorge Muñoz
Diagramación: Scriba NYC

Fotografías: Ronald P.S. Vázquez
Maquillaje: Glorimar Germán
Peinado: Elizabeth Álvarez

ISBN: 978-1-7326767-7-0

Impresión: Kindle Direct Publishing

Scriba NYC
Soluciones Lingüísticas Integradas
26 Carr. 833, Suite 816
Guaynabo, Puerto Rico 00971
+1 787 2873728
www.scribanyc.com

Marzo 2020

A Patricia Isanel y *Ronald Patrick*

*por su perseverancia y determinación
ante la vida impredecible
de una madre imaginaria...*

Contenido

Insurrecta

Nota de agradecimiento

A ti, que me inspiras a diario.

A ti, que me lees... porque me motivas a escribir con regularidad a pesar de la falta de tiempo.

A mis más fieles *musos*, mis hijos, quienes entre rutina y cotidianidad se han convertido en mis eternos camaradas.

A los nuevos musos de esta fugaz inspiración, Pedro y Karlo, quienes todavía no imaginan la de amor y aventuras mágicas que esta Tribu a la que han llegado a vivir les tiene reservadas.

A la Tribu de siempre... porque sin su amor incondicional no hubiese superado las pruebas que me obligan a detenerme a mirar las estampas que luego comparto.

A mis padres... quienes desde el infinito me cuidan, más allá de sus años, y me siguen localizando la sensibilidad creativa cada vez que se me pierde.

Las patas de pollo arisco

Soy Bella Martínez, autora de *Esquizofrénica*. El seudónimo —Bella Martínez— tiene un origen ancestral. Doña Bella era el apodo de mi bisabuela por la vía paterna, aquella a quien el Cacique tanto adoraba. Tanto amaba mi Jefe a Doña Bella, que decidió honrarme compartiéndome su nombre de pila, Isabel.

De esa forma, la abuela Bella perdura en el tiempo, más allá de sus años cronológicos. Sí, Doña Bella anda todavía paseando en el más acá, jugueteando con mi imaginación. La Cacica la conoció y dice que era un encanto, cosa que es un milagro de los que no se dan todos los días. Los que conocieron a mi Cacica saben que no exagero cuando digo que no andaba repartiendo halagos indiscriminadamente. Con ella sí que había que ganarse hasta sus sonrisas.

Años más tarde, abracé la *Doña Bella* interpretada por la banda del Maestro Bobby Valentín aceptando que mi bisabuela fue otra cosa... y yo todavía estoy aquí para cuidar cualquier recuerdo inconcluso que esté por ahí.

El apellido es mi otra mitad. Es mi vena materna, la que alimenta mi alma de paisajes pintorescamente campesinos y rústicos; la misma que me inyecta la memoria de refranes populares, aunque originales; nacidos entre tambores, cueros y tierras agrícolas —en las entrañas de esa misma Madre Tierra— que desde el siglo pasado aún produce para el mismo apellido y para la misma familia, a la que de cariño llamo "la Tribu" —esa ganga Martínez— que aún perdura a pesar de los pesares... esa Tribu que se aferra a esas granjas laboralmente sostenibles a pesar de la estupidez gubernamental.

El título de *Esquizofrénica* también es verdadero y tangible. Sin saberlo, durante mi edad temprana, tuve que lidiar con la inestabilidad de la condición mental que mi Cacique —con el buen control de una esposa de las que ya están en peligro de extinción— tuvo que manejar.

Mi Cacica es una campeona, puesto que yo hubiese "puesto pies en polvorosa"[1] a la menor señal de locura en casa. Sin embargo, ella cumplió estoicamente su compromiso marital, llevándonos a todos de su sabia mano a puerto seguro.

¿Por qué el pie izquierdo? Ese pie izquierdo en la foto de la portada de *Esquizofrénica* hubiese llegado al carajo si yo hubiese sido mi Cacica y hubiese tenido que bregar con un compañero esquizofrénico en casa. Solo las audacias de mi Jefa pudieron manejar las complicaciones cotidianas sin grandes dificultades, al menos ante mis ojos.

Mi colorido pie izquierdo me ha dirigido a través de la vida. Ese pie izquierdo ha sido mi trotamundos incondicional... Con ese dirigí las marchas de mis camaradas militares; los mismos que mis superiores uniformados me asignaron a comandar durante mis años castrenses.

Con ese mismo pie izquierdo pude seguir las señales de un compañero de baile cualquiera durante mis noches de juerga salsera.

Y con ese mismo pie izquierdo dirigí con gran maestría los destinos de mis cachorros aun cuando yo no sabía mi propia jornada, ni decidía el sendero por el que me aventaba.

---

[1] Refrán que significa irse huyendo

18

Todavía recuerdo con gran claridad cuando de chica, mi Tío Pedro (Martínez) les llamaba a mis pies de clara herencia Vázquez "patas de pollo arisco".

Hoy día, aquellas mismas patas de pollo arisco que se cansaron de correr por aquel cerro coameño[2] de mis recuerdos están aquí, de mí para ustedes con todo mi amor tribal.

---

[2] Procedente de Coamo, Puerto Rico

¿De qué huyen?

Comienzo por compartir un poquito del contexto de esta sátira con la que empezamos la semana. Resulta que hace un tiempo al Trompas[3] le asignaron una tarea que requería ver la película *La guagua aérea*. Aproveché la oportunidad para pedirle que la localizara y verla en familia. Así lo hicimos.

Ver *La guagua aérea* en familia nos dio una perspectiva nueva y una apreciación colectiva del guion y de la trama de la película.

Me parece bien simbólico que el vuelo despegue durante la época navideña (20 de diciembre del 1960, según la narrativa), puesto que para el exiliado boricua[4] la Navidad es bien dolorosa cuando se está lejos del terruño. Sin embargo, durante ese vuelo, los boricuas se adentran en la trama de lo que se convierte en el vuelo de la esperanza. En ese vuelo se vende el sueño americano una y otra vez como la misma "tierra prometida".

Me gocé la escena en la que va un tropel de familiares a llevar uno de los pasajeros al aeropuerto desde Arecibo[5].

La sátira no impide que se destaque la esperanza de volver con carácter firme y urgente aun cuando el pasajero no aborda todavía el vuelo de ida. Es más, el pasajero aún no entra a la terminal aérea cuando ya está dejándose dominar por la ambición de visualizarse regresando jalto 'e *American money*[6].

---

[3] Seudónimo de mi hijo por llevar labios gruesos
[4] Procedente de Borikén (Puerto Rico)
[5] Municipio al norte de Puerto Rico
[6] Con los bolsillos llenos de dólares americanos

La trama no desarrollaba del todo, cuando los estereotipos del boricua exiliado ya saltaban a la vista. Por ejemplo, la esposa debe darle los medicamentos al esposo como si este último fuese minusválido. Ese estereotipo machista vuelve a verse en el chismorreo de las viejas bochincheras que comentan sobre lo feo que se ve mirar una mujer fumando y añaden a esa fealdad la imagen de una mujer vistiendo pantalones. Me pregunto qué se habrá dicho de mí a través de mi breve existencia, pero eso es harina de otro costal. Sin duda, las redes sociales han venido a perpetuar la falta de privacidad, toda vez que la privacidad nunca ha existido por estas tierras.

También surge de entre las filas en la cabina de la guagua aérea la matriarca dominante a quien el esposo le informa que les echó agua a las plantas, le puso la tranca a la puerta y de que había completado una que otra tarea banal, como si fuesen a regresar luego del fin de semana. Es risible cómo los pasajeros van convencidos de regresar. Así vamos todos, y al final del camino, algunos solo regresan de vacaciones porque el asimilado no vuelve a verse en estos lares puertorriqueños de manera permanente.

La asimilación es algo complicada porque son países diferentes con cultura, religión e idioma divergentes. El *spanglish* no es chiste. Los pasajeros no logran identificar el emparedado que se les sirve durante el vuelo y temen que el pepinillo en el pan sea una cucaracha verde. Como todo buen boricua de pura cepa, todos andan cargando sus propios abastos para montar la fiesta. De manera descarada comienzan la parranda con la lírica del cancionero traducido al "difícil", como se le llama al inglés de cariño. Me morí de la risa cuando se encendió la parranda con cantores a todo pulmón además de instrumentos navideños interpretando el

22

original *Arrived, arrived, arrived the Christmas time*[7] con un pesado acento boricua.

El típico "me huele, pero no me sabe" inicia la "fiesta del sorullo"[8] en puro vuelo. Es allí donde sale a relucir el espíritu colaborativo del boricua en un ambiente amistoso. Una vez la cosa se vuelve hostil en medio del frío, ese espíritu colaborativo muere porque tal y como se menciona en la película, el frío mata. Y yo añado que el frío mata hasta la alegría.

Es evidente que en el 1960 está permitido fumar en lugares cerrados y me encanta ver el desafío de la pasajera que fuma como si estuviese tratando de plantar bandera y llamar la atención de los demás en su condición de mujer fumadora expeliendo humo de cigarrillo cuando no se suponía que ese comportamiento se viese bonito.

¿Y qué me dicen de la fama de vago que se gasta el puertorriqueño? Me reí de lo lindo mirando los pasajeros con sus discursos baratos convenciendo a la multitud cautiva en pleno vuelo de que nosotros los puertorriqueños trabajamos poco y dormimos mucho. Amén de quien promueve entre los pasajeros la idea de que en Nueva York hay trabajo, disparando el argumento de que en Puerto Rico también hay trabajo, no sin antes apasionarse ante el cantaleteo de que lo que hacen falta son manos para trabajar.

También se mira la mujer pretensiosa vistiendo sus mejores galas para el viaje, misma que ante la inminente necesidad de asimilarse reniega de su apodo y exige que le llamen por su nombre. Tal pareciese que un mismo ser humano cargase dos personas bajo su piel; una persona vive en Puerto Rico y otra persona totalmente diferente es la que se embarca.

---

[7] Canción navideña cuyo estribillo reza: "Llegó, llegó, llegó la Navidad"
[8] En la fiesta del sorullo, cada cual trae lo suyo

Aunque las razones de los pasajeros para emigrar son diversas, es común entre todos escuchar que la esperanza los hace ir en busca del futuro prometedor que ante sus ojos la isla les niega. Es el caso de las damiselas que aspiran a graduarse.

La sátira raya en ofender cuando se comienza una colecta para operar al supuesto ciego que no era sino un vela güira[9] que se estaba haciendo el ciego para aprovecharse de las oportunidades que le pudieran conseguir en la supuesta "tierra prometida". A mí me parece genial cómo Mateo es el inventor que ejecuta la idea original del *Go Fund Me Page*[10] actual.

Y como si esto no fuese suficiente, el chanchulleo[11] llega a ser magistral con la interpretación del inversionista que no para de criticar a sus compatriotas puertorriqueños, desasociado de cualquier lazo que le identifique con los demás boricuas además de constantemente enumerar los problemas con los puertorriqueños a quien Dios los cría y el diablo los junta con la Directora de un tal Programa *Yes*, que no ha de ser otra cosa que un fraude hambriento de fondos federales de fácil asignación.

La nostalgia y la añoranza no faltan a través de la película. Estas acompañan la imagen del exiliado deprimido, deseando la muerte no sin antes asegurarse de que deja la familia cubierta. Esta imagen del machista buen proveedor para su familia también acompaña la esperanza de regresar. También se critica el mucho ruido que hacen los puertorriqueños.

Una de las escenas más acertadas es la del taxista aclarando mientras refuta al fantasioso criticón boricua que para abrirse paso en Nueva York hay que fajarse y

---

[9] Quien se aprovecha de la situación para sacar beneficio
[10] Petición de fondos usualmente para fines caritativos
[11] Actos de corrupción

que nadie se abre paso en Nueva York patinando en el Rockefeller Center.

Ya cuando la travesía va viento en popa y a todo vuelo, el saco de uno de los pasajeros dejó escapar unos cuantos jueyes. A mí en lo personal me encantaría creer que la conclusión a la que llegó otro de los pasajeros era acertada, pero temo que los jueyes que se escaparon del saco no eran jueyes domesticados como se quiso hacer creer en medio del caos que anticipó la tormenta eléctrica. Allí, en medio de la tormenta eléctrica, salió a relucir otro gran estereotipo boricua, quien de cualquier necesidad trae a la venta una solución. Y allí andaba un boricua aguza'o[12] listo para vender rosarios y ahuyentar la tormenta eléctrica, con la esperanza de salir vivo a flor de piel.

A fin de cuentas, el vuelo de la esperanza es un gran engaño, puesto que ni al Aeropuerto Internacional John Fitzgerald Kennedy de Nueva York llega. Como premio de consuelo, los lleva hasta el aeropuerto La Guardia y es allí donde algunos pasajeros caen en cuenta de que ese vuelo barato que abordaron con la idea de comenzar una nueva vida les deja con la necesidad urgente de volver.

Ya bien lo dijo mi Cacica la mañana siguiente, casi al despuntar el alba: "A veces uno se ahorca con su propia soga".

---

[12] Listo a salir adelante

Una lección de liderazgo

Llevo días tratando de regresar a una rutina que no esté empañada por este velo de tristeza que se ha empeñado en acompañar mi espíritu aun cuando parezca que el cuerpo esté intacto, aunque algo más flaco.

Hoy regreso de una sabática que, aunque planificada, no corre exactamente como soñada. Y es que no me ha dado la vida de estos últimos meses para alcanzar las maravillas, sueños y delicias que imaginé cuando decidí estar de regreso aquí.

Juro que llevo días queriendo escribir y aunque las musas y los musos me acompañan constantemente, la flojera les ha vencido a todos. Total, que cuando llego de hacer trámites de alguna oficina en la que tengo que informar sobre la partida irreversible de mi Cacica, llego a casa casi tan muerta como la que se fue.

A pesar de haber desandado en esa agonía del que se desvanece en contra de su voluntad, la Cacica se fue en un suspiro suave cual roce de pestañas de Cupido mientras duermes.

El cuidado de hospicio prometió mucho y cumplió muy poco. Crecí con cada golpe, como los músculos que se ejercitan. Y es que como dicen en la Mancha: "Cuando un tonto coge una linde, la linde se acaba y el tonto sigue"; así que tuve que darles por tontos y establecer la linde. Allí apliqué la lección de liderazgo que llevaba bailando en mi mente desde sabe Dios cuándo. Yo que conozco algo de ambas disciplinas les aseguro que la vida en una comunidad militar ha de haber sido copiada del reglamento de un convento religioso cualquiera.

Inevitablemente, gravito al castellano de La Mancha en el mismo vernáculo de Castilla la Vieja en el que recibí mis primeras lecciones de liderazgo de aquellas monjas, quienes en mi recuerdo eran bravas.

No exagero si les cuento otro día con calma que una de las monjas que dirigía mi vida adolescente amarró un pervertido que merodeaba por los predios del colegio con el cable del teléfono de la oficina y lo mantuvo bajo arresto hasta que llegó la policía a recogerlo en la perrera[13]. Y que conste que los oficiales de la perrera no llegaron muy rápido puesto que el famoso tapón de Bayamón[14] los retrasó en su misión de turno.

Sí, aquella monja nos dirigía con intensidad mortal. Es por ello que cuando veo una monja tengo que mirar dos veces para tratar de identificar dónde guarda la pistola. Y como mi imaginación no tiene límites, desde que tengo uso de razón me dio la gana de convencerme de que las monjas llevan pistolas.

---

[13] La jaula en la parte posterior del vehículo en que la policía transporta los arrestados, separada por una rejilla de la cabina donde van los oficiales
[14] Embotellamiento rutinario que hace el patrón de tránsito vehicular del municipio de Bayamón de los peores

La abuela imaginaria

Me mantengo ilusionada soñando con la promesa de la próxima vez, aunque no todos los días sean perfectos.

Luego de batallar en una asignación que me retuvo una semana en uno de mis estados fronterizos favoritos, me aventé en una travesía suicida camino a casa a disfrutar de los preparativos que me llevarán a convertirme en una abuela imaginaria.

Tan pronto salí de la terminal aérea me estaban esperando mis más fieles compañeros de jornada: la Cacica y el Trompas. Cuando me subí a la camionetita me atacó un olor nauseabundo a podrido que casi no me dejaba disfrutar de la alegría de haber aterrizado sana y salva. Con el positivismo de siempre llegamos a la Casa Club[15].

Como de costumbre, ya había dado la voz de alerta a mis más fieles. Sí, a los de siempre. A los 20 minutos de llegar a la Casa Club y con la maleta aún sin desempacar, ya Titi Margaret llegaba a traerme mi abrazo de llegada. Al poco rato llegó Patricia y compañía. Al anochecer, ya la Tribu estaba reunida.

Al día siguiente me fui a celebrar la fiesta de adivinanza fetal que Patricia y compañía habían inventado. Me dio un gran gusto volver a ver a Karla y a Sandra después de tanto tiempo.

Me la pasé de maravilla con una amiga que hacía años no veía, gracias a que Eliezer nos regaló la tan añorada visita. Ella no se había dado cuenta de que el padre de nuestros hijos era invitado común de la fiesta. Al yo preguntarle si lo había visto, me respondió

---

[15] Así le llamamos a mi casa por todas las reuniones que en ella se llevan a cabo

enfáticamente que no lo había visto y que tampoco lo quería ver. La mantuvimos distraída y ambas soñamos despiertas con irnos de pachanga juntas, como en los viejos tiempos. Así es... Juro por mi vida misma que Ada y yo solíamos pachanguear, y hasta íbamos a la pista a caminar con la Cacica mientras los chamacos de ella y los cachorros míos se arrastraban por el pasto de la Cambija.

Entre copa y copa les confesé a mis queridas Mari y Carmencita, quienes me acompañaban a darle al vino como Marcelino, que los que no estaban cerca podían evaporarse en confianza, porque hay quienes solo están cuando es conveniente.

Ya cuando nos disponíamos a despedirnos llegó el inesperado encuentro entre el invitado común y mi amiga. Cuando él se despidió ella se desfiguró, lo que me hizo preguntarle si recordaba la identidad del que acababa de despedirse. Inmediatamente posó sus manos sobre la cintura mientras me respondió entre dientes y en secreto: "El ex". Le volví a preguntar: "¿El tuyo?". Inmediatamente me respondió ahogada en una gran carcajada: "Y el tuyo también". El Alzheimer que la pobre padece es tan cruel, que no le borra lo indeseable.

Me prometió que iríamos pronto a bailar y a darnos unos *drinks*. Entre chiste y chiste, rememoró el momento en que su doctor le dijo que tendría gemelos y cómo ella discutió con el pobre médico que le dio la noticia, porque ella entendía que dos bebés eran mucho. Luego de explicarme que se acababa de retirar y que tenía tiempo de irse a pachanguear conmigo, nos fundimos en un abrazo y nos despedimos con la promesa de volvernos a ver.

En la noche fui a bailar en compañía de Carmencita, ella estrenando su carruaje oloroso a pieles importadas y yo estrenando mi nuevo título de abuela imaginaria.

Juro que bailé hasta los anuncios. Siempre floto en la pista cuando me lleva Gilbert. Con Alejo siempre hay que mantener la dentadura al aire. Y a Phillip, lo salvé de tener que volver a bailar con una chica más pesada que un furgón de *Crowley*[16]. De cualquier manera, imagino que el Phillip cumplió con su aeróbico de la semana esquivando además el tropel de karatekas que andaban campeando por su respeto invadiendo la pista de baile. En fin, una gran noche que permanece fresquecita en mis recuerdos recientes.

Una lástima que al colocarme frente a la tarima me percatara de que, aunque el cantante estaba bien filoteadito[17], llegó a la tarima con las medias de dormir. Mientras, celebré la llegada de Gildred y Andy — quienes con su presencia tan exacta— me distraían de tal crimen de moda.

Y como llegado del cielo se me presentó Eric, quien con sus ocurrencias me provocó un gran dolor en el rostro de tanto reírme. Ya cuando la mañana se nos venía encima llegó Raúl, alias "Mapito"[18], a seguir la comedia con sus habituales sandeces.

Ya el último día de mi más reciente visita a casa y por pura coincidencia planificada celebramos el cumple de la Patricia, a quien con frecuencia se le sustituye el típico pastel por un flan con todo y vela. Pasamos el día en familia, echados en el sofá rojo que ha visitado al tapicero al menos nueve veces.

---

[16] Compañía naviera
[17] Bañado, perfumado y planchado
[18] Seudónimo que Raúl se ganó por haberse caído borracho antes de tener que solicitar un mapo para limpiar lo que derramó durante su aparatosa caída

Una vez se nos vino la noche encima, a pesar de que un gran aguacero amenazaba con aguarnos la pachanga, logré llegarme a mis fiestas patronales favoritas de siempre. Una vez más, la otra cabra del *entry*[19] me dio el tan necesario aventón desde la Casa Club hasta Cataño[20]. Y fue allí que se lució la magia.

Para continuar con mi relajamiento dominical, decidí con toda intención presentarme a las fiestas bien traposa. Mi código de vestimenta para esa noche fue: pantalón de yoga, camiseta, zapatillas de correr y gorra.

A pesar de que el estacionamiento estaba lleno a simple vista, San Antonio nos consiguió un espacio de lujo, de esos que solo se consiguen cuando uno se gana la lotería. Ya una vez nos desmontamos del carruaje oloroso a pieles importadas, atravesamos el gentío que ataponaba el malecón de Cataño hasta llegar al puro frente de la tarima. No me pregunten cómo llegué. Solo me visualicé abriendo camino entre una gran multitud, tal y como imagino hacen los guaruras[21] del servicio secreto para que el político protegido pueda pasar por entre las masas humanas.

Como siempre, el que llegó temprano y ancló su silla de playa quiso convencer sin éxito a mi espíritu sólido y temerario, pues en silencio, hablando solo con mi mirada punzante, allí me quedé un buen rato, tal y como lo hizo la famosa estatua de Cristóbal Colón.

Junto a las coordenadas donde las cabras se anclaron con firmeza había una chica de 84 años sentadita dormitando en una de las odiosas sillas que inundan el malecón para cada fiesta patronal. La chica era dulce y cariñosa además de habladora cada vez que despertaba de su siesta. Con gran esfuerzo intentaba

---

[19] Que andan en pares
[20] Municipio del norte de Puerto Rico
[21] Policía

escuchar lo que me decía entre siesta y siesta. Se disculpaba por el comportamiento desordenado de los borrachos que evidentemente habían estado por allí demasiado rato. Sin embargo, había otra que, si hubiese podido, nos hubiese eliminado de un plomazo.

Lo más interesante de la noche fue el arranque de la banda, que sin que el Canario pudiese llegar a tiempo, logró hipnotizar a todo el que allí estaba. Una vez el Canario[22] llegó, se cumplió con lo que se anunció, pero en realidad... ¡disfruté de la orquesta de Sammy Vélez mil veces más que del Gran Combo! (El Combo es el Combo, ¡*whatever*!). Y bueno, el Canario es el Canario... Pero igual, si no hubiera llegado, ¡tampoco hacía falta! Y mira que me fascina el Canario... Nada, que mucho me alegró verles, disfrutar de la música y pues como siempre: MEGA ORGULLOSA de que sean y estén...

El Gran Combo vino luego, pero ya la magia de Sammy se había quedado con el malecón norteño. ¿O será que yo sigo con mis preferencias de siempre? ¿Quién sabe?

Lo que sí, que la noche me trajo dos detalles que me marcaron de manera momentánea:

1. Hay quien está tan bien embalsamado, que se cree que está vivo. De hecho, cuando sale de pase del cementerio, tiene que asegurarse de que el disfraz sea creíble. Para la próxima, debería afeitarse el bigote porque el betún no le favorece.

2. Hay que hacer lo que se quiere antes de tener que partir al más allá, "pa' salir de eso"; y saber sonreír en las buenas y en las otras, porque la esperanza es lo último que se pierde.

---

[22] Cantante de salsa, José Alberto "El Canario"

La desconocida

En estos días, que me hacen repasar involuntariamente que el comportamiento humano es sorprendente y a veces impredecible, me distraigo con la imagen de uno de mis más ingenuos y fieles compañeros de territorio.

Cala es uno de los felinos que más sofocones me haya hecho pasar. Llegó a la casa de los espíritus felices hace ya par de años, siendo apenas un desvalido cachorro. Era tan tierno, que su pelaje aún exhibía el brillo que traía de la humedad en las entrañas de la gata que lo parió, y sus ojos de mirada perdida todavía no brillaban por contar con la protección de ese tejido lagañoso que no te permite ver de recién nacido.

Por más que traté de deshacerme de él, gato al fin, terminó quedándose donde le dio la gana a pesar de la falta de cariño, o al menos eso yo pensaba.

En las mañanas, antes de largarme a aquella chamba vampira donde mis antilíderes me maldecían hasta la vida, pasaba por su guarida, no sin antes tirarle a aquel cachorro calamitoso par de jarras de agua helada. Macho salvaje al fin, seducido por la magia del maltrato y el desprecio, decidió quedarse donde creía yo, no era bienvenido.

Qué lucha la mía, tratando sin éxito de deshacerme de aquella criatura sin autoestima. Cada vez que Cala me veía venir, corría y se escondía bajo el mueble japonés para que yo no lo viera. Sin embargo, cabe destacar que su torpeza infantil lo hacía sentirse invisible a pesar de que dejaba aquel gran rabo peludo al descubierto, tal y como lo hizo aquella hipócrita, quien dándome la espalda para no saludarme, entendía que yo no la veía.

La falta de tiempo y atención me impedían darme cuenta de la realidad frente a mis narices. La rutina laboral me interrumpía la vida y me impedía ver lo que en ausencia de otras señales era incomprensible.

Cuando yo salía a cumplir mis obligaciones para poder traer el sustento que por otras vías no llegaba, los cómplices de aquel gatito realengo que se empeñaba en adoptarnos le alcahueteaban y le facilitaban aquella inminente invasión territorial.

Los días se hicieron años y aquel raquítico polizón es hoy todo un tigre sabanero. Eso no quiere decir que se crea más poderoso que los humanos. Bajo esas exóticas marcas aún le queda el miedo de verme, aunque ya no traigo la jarra de agua helada.

Cada vez que me ve, me enamora y me invita a que lo acaricie, aunque no del todo relajado, como cuando se le tira a los pies al Trompas. Todavía Cala agradece la complicidad que esa alma caritativa le prestó para que, a pesar de su orfandad, pudiese plantar bandera en casa, aun sin yo quererlo.

Desde aquel destierro que tantas bendiciones me trajo, vivía yo en otra rutina, que, aunque diferente, no me permitía olvidar aquellos atropellos que marcaron mi existencia familiar de otros años.

Cuál fue mi sorpresa cuando aquel gusano inmundo volteándome la espalda trataba infructuosamente de ignorar mi presencia sobre aquella banqueta citadina que el Universo le obligaba a compartir conmigo. Dijese que no me importaba que me tratase como una desconocida si no hubiera sido porque el diablito junto a mí me convenció de hacer aquella travesura que tanto disfruté.

Hice de cuenta que bailaba "Chequi Morena"[23] y no le permití ignorarme. Con mi más coqueta sonrisa Colgate® le enseñé mi dentadura y lo saludé con mi esbelta mano de bruja. No le quedó de otra que hacerse el pendejo y devolverme el saludo.

Me llené de satisfacción al saber que le pude regalar mi mejor sonrisa y que pude sin palabras agradecerle todos sus atropellos, todo y sin convertirme en una desconocida que pueda él fácilmente borrar de su memoria, ya que conciencia no tiene. Las injusticias pasadas han de interrumpirle el sueño cada noche de la miserable vida que le atrapa.

Y así de satisfecha seguí hacia mi nido aquella noche después de un día cualquiera, sin saber que al otro día vería a aquel mismo pendejo del día anterior en una junta donde la humillación le fue devuelta, ante mi atónita presencia. Entonces la lástima invadió mi ser.

Entendí que lo había perdonado cuando me escuché pidiéndole a Dios en voz baja que tuviese misericordia de su miseria. Cinco minutos que parecieron una eternidad duró aquella junta en la que mi Jefezota lo echó a la calle. Desde mi puesto miré con pena cómo salía apresurado de la que se había tornado en una pesadilla muy suya.

Con el rabo entre las patas salió disparado de la *suite* ejecutiva, esta vez despidiéndose con un confuso apretón a las mismas esbeltas manos de bruja y balbuceando el nombre de pila de la que el día anterior quiso fuese una desconocida.

---

[23] Juego infantil tipo rueda en el que se canta y se baila

Al 'esnú[24] cualquier ropa le sirve

Cada vez que siento que no tengo dirección fija, llega alguien a pedir consejo. Así son las ironías de la vida. Es difícil separar la fantasía de la realidad cuando la vida misma es una tragicomedia melódica. Así es, si no fuera por la música, ¿qué sería de nosotros, los meros mortales?

Estaba yo en aquel exilio de esos días extrañando mi salsa boricua y sus exquisiteces, cuando de repente entra un correo electrónico al ordenador. La nota que invadía la pantalla frente a mí era de una de mis compañeras más jóvenes, de quien soy mentora. La misma leía: "Eres la epítome de la calma bajo presión...".

Tan pronto pude recoger mis pensamientos y traerlos de la isla caribeña por donde mi alma gitana viajaba, le respondí cibernéticamente: "Es como mantengo las arrugas alejadas... de mi mente". Casi de inmediato, la respuesta electrónica leía: "La primera vez que te vi hace par de meses pensé que tenías veintitantos".

Flotando en la misma realidad fantasiosa que con frecuencia me embarga, llegó Doña Chancla a pedirme un favor. Mi compañero de aventuras de ese día, ¿quién más sino el Trompas?, alcanzó a encontrarme la mirada con un matiz de complicidad como el que no quiere ver lo que está pasando, pero igual disfruta en silencio la hazaña, que si la cuenta, arriesga a que también le tilden de loco y se lo lleven envuelto en camisa de fuerza.

---

[24] Desnudo

El Trompas y yo salíamos de completar un pendiente y caminábamos con la prisa de quienes tienen misiones aún en agenda. Nos dirigíamos hacia el Transbordador[25], que con su imponente presencia se distinguía en aquel parqueo localizado bajo el mismo candente sol ecuatorial que ha reflejado desde que abandonó el concesionario de autos por irse tras mío.

Doña Chancla llegó frente a mí de dos zancadas y me interceptó como quien andaba en desesperada necesidad de quitarme algo que me vio.

Comenzó por comentarme al vuelo que se le habían quedado las llaves encerradas en su coche. Por aquello de que la criminalidad no nos deja confiar en el prójimo, no reduje la velocidad de mi paso, por lo que la pobre doña casi galopaba. Tratando de acelerar su propio paso al tiempo que me pedía le prestase la llave de mi fiel Transbordador, la muy osada jadeaba, obligada a ir casi al trote por no lograr alcanzarme.

Aunque el instinto me gritaba que no le diera oreja, la imaginé desvalida y en necesidad de mi asistencia. Cuando notó que pausé a atender su pedido, divisé el brillo de la ilusión en su mirada aún desesperada. Allí volvió a tomar confianza y me explicó que podría abrir su coche con la llave del mío.

Cuando vio que la miré con sospecha, me tomó de la mano y de un jalón me llevó junto al que ella alegaba era su coche; que indignado atrapaba su llavín dentro de sí. Una vez junto al supuesto coche de Doña Chancla, debió haberme leído la duda aún en la mirada puesto que me alentó a que tratara de abrir la cerradura yo misma.

Dentro del ir y venir de Doña Chancla y su emergencia, por algún misterio que todavía no alcanzo a

---

[25] El seudónimo de mi fiel Toyota Corolla

entender, no logré ni balbucear. Fue como si hubiese quedado muda. Por más que tratase yo de abrir la boca, no lograba pronunciar sonido alguno.

Bajo aquel cielo brillante, mi incredulidad cayó vencida ante la magia del dueño de aquella llave mágica: mi fiel Transbordador. No recuerdo cómo introduje la llave en la cerradura, pero sí recuerdo claramente cómo de un solo movimiento, el seguro soltó. En un sutil golpecito, escuché cómo la cerradura bajo la chapa metálica cedió. Doña Chancla aplaudió, me abrazó, me dio las gracias y me echó la bendición.

Ya una vez aterricé a la realidad, le pregunté que si la cerradura de su carro abría con cualquier llave. Con humildad sonrió mientras asentía con la cabeza.

Una vez recuperé el habla, me despedí, no sin antes tener que zafarme de que quisiera detenerse a compartirme sus problemas. Con cariño, luego de confirmar en mi memoria que era 18 de febrero, le expliqué que tenía que irme a finalizar unos detallitos relacionados con la cita de esa noche en la que presentaría mi primer libro de crónicas y cuentos cortos, *Esquizofrénica*.

Allí mismo se me ocurrió que la inspiración es infinita y que las musas son omnipresentes. En silencio, mi discreto compañero de aventuras y yo nos subimos al Transbordador y nos alejamos, dejando a Doña Chancla junto a su coche.

Vi por el retrovisor cómo la imagen se iba haciendo cada vez más pequeña, hasta que desvaneció. Fue en ese momento que el Trompas me preguntó: "¿Qué piensas de lo que nos acaba de pasar?". Le respondí que nunca intentara ayudar a extraños, que lo que yo había acabado de hacer era muy peligroso. Sonrió y no volvimos a tocar el tema.

Ya bien lo decía mi abuelo, el mismo Negro del Tumba'o[26] de quien heredé mi saborcito rumbero: "Al 'esnú cualquier ropa le sirve". En honor a aquel refrancito muy suyo, digo yo, que "Al carro de Doña Chancla cualquier llave se lo lleva".

---

[26] Apodo con el que identificábamos cariñosamente a mi abuelo materno, de quien heredamos nuestra vena africana

La fidelidad en los tiempos del descaro

Mi fiel Transbordador ha sido capaz de sobrevivir un sinfín de inconveniencias y nos ha llevado a lugares que mejor es olvidar. Y encima, ha sido muy discreto, asegurándose de no compartir mis indiscreciones. A veces pienso que quien quiera fidelidad debe hacerse de algún objeto inanimado, puesto que estos siempre quedan donde los dejes... a no ser que venga algún metiche y se lo apropie.

En estos días de descaro y materialismo sin límite me considero afortunada de contar con el amor y la lealtad de quien me los demuestre, puesto que forzar las acciones o los sentimientos convierte el simple paso por la Vida en una misión imposible. Yo, que albergo un espíritu gitano bajo una coraza bastante conservadora, aunque poco común, he visto que por aquí y por allá todo es lo mismo... y como bien lo sigue repitiendo mi Cacica hasta el cansancio: "Al final, todo es nada".

Julieta siempre ha respondido el llamado de servir a sus semejantes, cualidad admirable en estos tiempos de descaro, en los que reina la falta de humanidad hacia el prójimo. En sus continuas labores en las que ha identificado su gusto y ha servido por vocación, manteniéndose al margen de las tentaciones de hacerse mercenaria, ha logrado empleos para los que se ha licenciado todas y cada una de las veces que ha decidido mudarse de carril o cambiar de labores.

Durante sus días primaverales se dedicó a enseñar mocosos en edad de jardín de infantes. Doy fe de que era una gran maestra porque era muy apasionada cuando se sentaba a mi lado a husmear en mis cuadernos. Era tan generosa y fiel con su vocación didáctica, que se atrevía a darme tutorías y a ayudarme a hacer mis tareas de primaria, aun sabiendo lo majadera y perfeccionista que era yo, desde aquellos días de estudiante principiante.

Pues bien, los años pasaron y cuando Julieta apenas llegaba a los treinta, decidió —imagino yo que cansada de las pataletas de los padres o hastiada de los chillidos de sus estudiantes— que le hacía falta un cambio a su rumbo rutinario, y nos soltó de golpe y porrazo que hacía ya más de un año se preparaba a terminar sus estudios en Enfermería porque ya no quería ser maestra de párvulos.

Ya terminada su licenciatura en Enfermería, se fue a cuidar ancianos que requiriesen atención a domicilio. El Universo le pagó su buena voluntad asignándole abuelitos encopetados en el corazón de Cambridge, Massachusetts; ese muy conocido y educado vecindario adornado de mansiones victorianas que vienen a ser el hogar de los más reputados profesores de la Universidad de Harvard.

Una de las más notorias pacientes de Julieta era aquella hermosa anciana de cabellos plata y ojos zafiro, quien muy a pesar de su senilidad, recordaba con prístina claridad que era doctora en matemáticas.

Doña Lydia era fiel a su profesión, adoraba y guardaba fidelidad a su esposo Don Lou —con quien sostenía soberbias conversaciones a pesar de que Don Lou había pasado a mejor vida hacía más de cinco años—, era fiel a su vecindario que le vio crecer de niña y era fiel a su adorada cuidadora, Julieta.

Julieta, además de ser su enfermera, se había convertido en su gran amiga. En fin, Julieta era su tabla de salvación; era con quien pasaba sus placenteros días —mismos que se convertían en semanas, las que se confundían con los meses que identificaban cada una de las cuatro estaciones del año... mismas estaciones que ya la borrosa vista de Doña Lydia no le permitía distinguir, pero que la empecinada vieja insistía aún seguir de acuerdo al último grito de las revistas de moda.

Aunque Doña Lydia fuese doctora y encopetada... y aunque a sus largos años insistiera en mantener su gusto por los diseños de las pasarelas italianas de su eterna juventud, nunca le fue infiel a su suéter favorito, aquel mismo que su enfermera Julieta le ayudaba a localizar cada vez que este se le escondía a la anciana en algún rincón de la espaciosa mansión.

A diario, Julieta ayudaba a Doña Lydia con sus ejercicios de memoria, los que sugerían mantener la rutina doméstica lo más intacta posible. Parte de la rutina era encontrar las cosas que a Doña Lydia se le perdían, entre ellas su fiel suéter azul.

Día tras día, Julieta le encontraba a Lydia el suéter perdido cuando esta última le preguntaba: "¿Tú no has visto mi suéter azul? Es que no quiero que Lou llegue y sepa que se me perdió hace como un mes. De hecho, desde que vino el plomero a destapar el caño el mes pasado, jamás he visto el suéter".

Julieta ha de haber tenido la paciencia de un monje budista, puesto que a diario celebraba aplaudiendo con Lydia que aquel travieso suéter azul que la fiel doctora nunca se quitaba apareciera sobre su esquelético torso una y otra vez.

El conteo regresivo

Confieso que cada vez que menciono la fecha en la que tengo decidido cambiar de oficio, misma que se acerca con gran rapidez, recibo consejos no solicitados.

A *grosso modo*, adivino que más del 85 por ciento de los que me aconsejan, lo hacen tratando de persuadirme a quedarme en mi silla actual. Sin embargo, siento que la rutina se interpone ante mi espíritu libre restringiendo mi extrovertida creatividad y a veces hasta mi libertad.

Hace poco entendí que la rutina ausente no interrumpía mis decisiones, por lo que mis cachorros asumieron que debía estar con ellos. Con su mamitis de siempre reclamaban mi atención y mi limitado tiempo.

Sin embargo, el Universo me dirigió por otros rumbos; senderos improvisados que muy a pesar de mi remordimiento por haber retrasado el encuentro con los consentidos herederos, disfruté como si ya yo perteneciese a ese círculo de creatividad sin límites.

A media tarde y una vez cumplida mi misión artística de turno —cortesía de mi cómplice más cercana— me dirigí a reunirme con la Tribu. Pensé que encontraría caras largas y hostilidad de parte de los mocosos por la interrupción del día feriado. Sin embargo, al llegar con los regalitos que les envió su madre suplente —la misma que años antes ellos mismos seleccionaron al unísono— sonrieron, me abrazaron y hasta bailaron con mi llegada.

Una vez más, Ivette predijo la reacción de sus hijos adoptivos. Y que conste que la adoptaron ellos a ella... Y de mis manos famosas[27] ya les daré detalles en otro momento.

Por ahora, descubrí que las preocupaciones ajenas de lo que haré y cómo llenaré mi agenda son infundadas, puesto que siempre aparece alguna tarea que me llene el alma y el espíritu de gran satisfacción, amén de que mis familiares escogidos son parte del sendero hacia la obra filantrópica que sé adoptaré con gran positivismo y entusiasmo del espontáneo.

---

[27] Pendientes a los comerciales de los alimentos congelados McCain, mis manos manejan los alimentos

Un oficio muy peligroso

Hoy siento como si mis patas de pollo arisco estuviesen fuera de lugar.

Sin descontar los peligros de mis funciones, reconozco que todos los oficios presentan múltiples riesgos, más aun cuando los criminales no respetan la vida ajena y matan al más *pro* por quitarle par de pesetas.

Recuerdo por ejemplo aquella madre, que sollozando le explicaba al insensible periodista que la entrevistaba en medio de las exequias del menor de sus hijos cómo el ahora occiso había sobrevivido dos campañas castrenses en medio de fuego enemigo, creo que dijo afgano, aunque no sé a ciencia cierta dónde, para ir a Puerto Rico de vacaciones a morir a manos de un ratero en medio de un asalto a mano armada.

Un crimen que me tocó muy de cerca y que años más tarde todavía me achicopala, fue el de aquel hijo adoptivo que en medio de la celebración de su cumpleaños número 20 perdió la vida a manos de un chico de 14 años que decidió quitarle la vida a nuestro querido Frankenstein[28] a cambio de su teléfono celular último modelo.

Sin embargo, como la pedrada que está para el perro no le alcanza al gato, otros sobreviven de manera increíble, dando cabida a las teorías que sustentan la intrépida existencia de la Virgen de los Milagros.

---

[28] Seudónimo de Julián Romero, quien fuera novio de mi hija Patricia; asesinado el día de su cumpleaños número 20

Estando yo aún cursando la preparatoria, en uno de esos movimientos rápidos de misión pre-planificada, la Cacica se disponía a sacar su coche de la marquesina a toda prisa para ir a completar algún pendiente, cuando un estruendo tipo disparo de salva la trajo a la realidad. Mi Cacica había tenido el peor accidente de su vida. Fue tan aparatoso, que todavía lo recuerdo como si estuviese ocurriendo otra vez. Es posible que la memoria de cualquiera de los vecinos de aquella pueblerina calle hoy día le descuente importancia y le considere un pequeño tropiezo. Sin embargo, yo aún lo evalúo a través de mi memoria infantil.

Resulta que el huevero iba empujando su carrito mientras vociferaba: "Llevo el huevo fresco...", cuando una explosión de proporciones apocalípticas interrumpió el silencio mañanero de aquel vecindario que solo los chillidos del huevero y del porteador de periódicos osaban interrumpir.

Cuál fue la sorpresa de mi Cacica, cuando tras aquella explosión abandonó el volante y, al apearse del asiento del conductor, vio al huevero con el carrito metálico que segundos antes empujaba lleno de mercancía y los huevos desparramados debajo de su coche último modelo.

Con un severo regaño, la Cacica reprendió al huevero —aún debajo del coche— por no haber estado pendiente a los peligros circundantes mientras lo halaba de debajo de aquel mismo chasis que le había, segundos antes, perdonado la vida al pobre infeliz. Ya una vez la Cacica tuvo alguna extremidad de donde agarrar al accidentado, logró levantarlo de la banqueta. Lo examinó y sintió un gran alivio, de esos que te regresan el alma al cuerpo, al ver que el huevero estaba sano y salvo a pesar del traspié.

Una vez el huevero estuvo de pie, miró a su alrededor y con gran alegría se dio cuenta de que la mercancía estaba desparramada, pero sana. Celebró regalándonos su más flamante sonrisa dentada, que no había perdido ni un solo huevo, no sin antes gritarle a la Cacica: "Chica, por poco me rompes los huevos".

El muerto al hoyo

Comienzo por compartir mi confusión, puesto que nunca he entendido el porqué de las infidelidades. Tampoco pretendo moverme al negocio de hacer perfiles sicológicos.

Resulta que, en mi faceta de prestarle mis atentos oídos a la humanidad, me he enterado de un sinfín de engaños. Aunque me quedo calladita, son circunstancias que me duelen como si fuese yo la engañada. Sin embargo, peor fuera que me enterase por boca de otro que el que me comparte su propia canallada.

La sorpresa más reciente me la llevé cuando una conocida con apariencia de mosca muerta me contó cómo decidió terminar con su desacertado compromiso. Decidió no casarse cuando conoció un distinguido *playboy* cayendo rendida ante sus repetitivas babosadas, dejando plantado a su flamante prometido.

No juzgo, solo observo. Reflexionando sobre estas canalladas y sus razones estaba yo, cuando una de mis grandes amores me llamó para cancelar el almuerzo que teníamos pautado para ese día por tener que ir a socorrer a Sara. Aprovechó para contarme cómo su amiga había quedado viuda inesperadamente. Me explicaba cómo el ya difunto había estado esperando por un órgano vital de esos que escasean, sin lograr que el órgano llegase antes que la muerte a llevárselo.

El encopetado matrimonio era la envidia de la comunidad, ya que era uno perfecto; además de contar con riqueza monetaria de la bien ganada. En fin, eran la imagen viva y a todo color de una familia sonriendo para el fotógrafo especialista en postales navideñas.

De más está explicar que no volví a ver a Graciela toda esa semana. Luego de la impresión inicial de la inesperada partida de José al otro mundo, Graciela tuvo que apoyar a Sara en su nueva faceta de viuda. Se entregó a la compañía de la recién estrenada viuda durante las exequias y demás complicaciones financieras que la inesperada partida de José había traído a la energética vida de la ahora atractiva viuda.

Sara despidió a José con el recato que siempre le caracterizó, y aunque en fechas posteriores no faltaron acercamientos del usual depredador de fortunas, esta se mantuvo firme en sus principios, estocada en la rutina diaria que su negocio y sus hijos dictaba.

El calendario corría implacable y Sara mantuvo la urna con las cenizas de José en la sala de su casa, esperando el momento oportuno de reunir la familia y hacerle una ceremonia para disponer dignamente de aquellos restos, que yacían indefinidamente en la sala de la misma casa donde el espíritu de José abandonó el cuerpo enfermo, cansado ya de batallar por mantenerlo vivo.

Pasaron varios meses antes de que Sara fuera descubriendo los engaños e infidelidades de José, quien durante años había sostenido una doble vida, manteniendo un fogoso romance con la misma secretaria que ahora le dificultaba la vida a Sara.

Mientras disponía de las pertenencias de José, Sara descubría un engaño tras otro. Cada vez que Sara descubría una mentira nueva, sentía que un cuchillo le perforaba el alma.

Según aumentaba la lista de canalladas, el dolor inicial iba borrándosele del corazón, mientras la ira le iba invadiendo el cerebro. La ira le fue despejando la confusión que inicialmente le impedía razonar y decidió apresurar la ceremonia de las cenizas para desprenderse de la pesadez espiritual que tener aquella urna todavía en casa le causaba.

Sara llamó a Graciela y le pidió que le acompañara a darle a José su merecida sepultura. Graciela se sorprendió al ver que Sara no había convocado los hijos y demás familiares para la ceremonia de sepultura. Solo Graciela y María, la secretaria, presenciaron tal despedida. Fueron al patio de la gran mansión campestre y pronto descubrieron que Sara había contratado con antelación un servicio de plomería para que retirase el sello del pozo séptico, cuya oscura cavidad yacía hambrienta.

Con una profunda paz en el semblante, y ante las miradas atónitas de Graciela y María, Sara derramó cuidadosamente las cenizas de José —aquellas mismas cenizas que habían hasta ese momento estado atrapadas en la costosa urna que el servicio de cremación le había entregado a la sufrida viuda— sobre el borde del pozo muro mientras gritaba: "La mierda se deposita toda junta".

El linaje de los desafortunados piojos lujosos

El vergonzoso episodio de los piojos norteños se fue desarrollando lentamente, como toda obra maestra.

Todo comenzó por allá por el 2004, mientras estuve batallando en una asignación especial por la capital estadounidense. Resulta que mientras preparaba mi atlética determinación a vencer los 42 kilómetros reglamentarios para recoger la prestigiosa medalla en la meta del maratón de Boston, conocí a quien hoy día sigue siendo mi alma gemela. Que quede claro que lamento que no sea mi cuerpo gemelo, pero no hay nada que pueda hacer para remediar el destino.

El invierno era crudo y su fraternal compañía le brindó calidez a mi alma, que andaba aún rota por mi rompimiento sentimental con el legendario e histórico Anticristo[29].

Durante el verano de ese mismo año, Sofía estuvo de veraneo en la Casa Club y la pasó de maravilla. A pesar de sus constantes desavenencias con mis cachorros, todo permaneció más o menos en paz, puesto que en nombre de la hospitalidad boricua, mi familia soportaba estoicamente las pataletas de aquella chiquilla que, aun a su corta edad, ya presentaba con claridad que era toda una sociópata de las más canallas.

Cuando llegó el momento, la depositamos en el aeropuerto, no sin antes darle un peluchito representativo del coquí puertorriqueño. Al término de aquel verano que casi culmina en pesadilla, Sofía

---

[29] Mi último ex, a quien mis compañeros de chamba bautizaron como "el Anticristo" por su constante comportamiento maltratante

regresó a su casa y todo volvió a la normalidad, o al menos eso pensé yo.

Cuál fue mi desafortunada sorpresa, cuando Benedetto me echó aquella llamada telefónica que me cayó como balde de agua helada. El pobre no podía contener el llanto mientras me contaba que la madre de Sofía le había botado todo a la calle, incluyendo el peluchito boricua, asumiendo que la casa estaba infestada de piojos puertorriqueños.

Bajo el sofocón de aquel ataque de locura había ella determinado que los portadores de piojos habíamos sido nada más y nada menos que nosotros, los integrantes de la nueva familia amiga. Usualmente no me dedico a identificar situaciones discriminatorias, pero esta fue una clara acción acusatoria discriminatoria, puesto que, automáticamente, los boricuas fuimos injustamente acusados de haberle contagiado los piojos a la princesa asiática.

Nomás terminar la conversación telefónica con Benedetto y ya una vez procesada la notificación donde se nos diagnosticaba oficialmente vía teléfono de familia piojosa, me di a la tarea de organizar un reventón con todas las de la ley para anunciar el inicio del tratamiento antipiojos. Les dije a los chicos que trajeran a sus amigos más cercanos, quienes con frecuencia se quedaban a dormir en aquella nuestra casa entre los árboles de la Calle Víctor Braegger.

Esa misma tarde veraniega, luego de ir al mercado a buscar champú antipiojos, sodas y golosinas, tuvimos una tremenda fiesta en la terraza del multipiso mientras les aplicábamos el champú uno a uno para luego enjuagar las cabezas piojosas como bomberos apagando fuego. La fiesta de seguimiento al tratamiento, que requería una segunda aplicación, fue organizada con más tiempo y los portadores de piojos, a quienes otro les hubiese llamado invitados, llegaron vistiendo bañadores puesto que anticiparon el divertido enjuague a manguerazo limpio.

Once años más tarde, en el mero 2015, ya la princesa asiática contaba con 18 años, y en un arranque de arrogancia le espetó un ultimátum a Benedetto exigiéndole que se lavara con champú antipiojos y que le informara una vez cumpliera con la exigencia porque de otro modo no podía visitarlo. El padre, aturdido, trató de entrar en razón con quien sigue siendo tan irreverente, inmadura y malcriada como cuando tenía 5 años, explicándole que él no tenía piojos y que tal tratamiento era innecesario. De más está confirmar que la diabólica princesa no le visitó ese año ni en Acción de Gracias ni en Navidad. Y peor aun, tampoco inició las esperadas llamadas de las sagradas fiestas navideñas.

Una vez terminaron las fiestas navideñas y alegando que había estado enferma, Sofía llamó a Benedetto procurando sus regalos. El ingenuo y amoroso padre andaba mega contento y no se hizo esperar la ceremoniosa entrega mientras la chica se comunicaba con su celular e ignoraba la presencia real de su padre, sustituyéndola por quien le correspondía tras el aparatito electrónico frente a ella.

A mí, que estaba en la esquina del salón recibiendo miradas de odio, me hirvió la sangre y le espeté que nosotros no nos lavamos con su pendeja receta porque no teníamos piojos. La chica reventó como bomba *Molotov* y comenzó a gritarme histérica diciéndome que ella y su novio, quienes ya habían desempacado sus lujosos harapos adquiridos en *boutiques* de lujo, pero hoy día salidos de bolsas plásticas de basura marca Glad® no habían podido sacudirse la peste piojosa.

Par de segundos me tomó formular la respuesta, en la que le dije en tono casi inaudible que me parecía graciosa su injusta forma de ver la vida, en clara evidencia de que es sociópata sin remedio. Le pedí que me aclarara de qué lado la balanza se inclinaba si ella no vino a visitar a su tan amoroso padre cuando él resistió lavarse con su mágico champú antipiojos por no ser portador de los insectos, tomando en cuenta que ahora le habían invadido el hábitat sabiendo que ellos sí traían piojos en sus lujosas cabelleras que solo visitan los más exclusivos salones de belleza, porque así la zaga nunca termina.

Por no aceptar su falta como hija malagradecida, y al encontrarse desarmada para defender su argumento ante mi ágil lengua, recogió sus bolsas de basura y se largó llevándose su lánguido novio a rastras, no sin antes decirme a grito limpio que, aunque no me importase, ella llevaba meses viendo un terapeuta para que le asistiera con sus controversias mentales. Aunque sospecho que tales controversias son fabricadas, no tuve tiempo de entrar en detalles o más bien descubrirlos porque antes de yo poder abrir la boca y enunciar sonido alguno, el portazo que dio al salir me sorprendió como lo hace una detonación mortal.

El portal del apartamento quedó en penumbras tal y como cuando se termina la tormenta y nos invade la calma, aunque en ausencia de energía eléctrica. En esa penumbra logré agradecer al cielo por mis amorosos y respetuosos cachorros, quienes, aunque la han pasado con las circunstancias que la Vida nos dio sin manuales de cómo manejarlas, nunca olvidaron las lecciones ancestrales de nuestro campo y el respeto a los mayores de edad, amén de la honra al Padre y a la Madre.

Tan pronto tuve lugar de conversar con mi primogénita, le conté con lujo de detalles la dramática escena antes expuesta, quien no se encomendó antes de responderme: "Y ahora, ¿quién le pegó los piojos? Porque ahora ninguno de nosotros ha estado cerca de ella". A mí, el tiempo me había hecho olvidar ese pequeño detalle.

Mi intención era compartir con ella el desafortunado incidente y aprovechar a comunicarle lo orgullosa que estaba de los seres humanos en los que mis dos herederos se habían convertido. De aquellos dos chiquillos piojosos o al menos acusados de serlo solo queda su bondad y su hospitalidad. Ya van siendo gente adulta de bien. En lo que a Sofía se refiere, ni la universidad le ha de impartir las más elementales lecciones de vivir en comunidad.

Y de aquellos piojos que siempre fueron norteños, los mismos que logramos exterminar en Puerto Rico a son de música y enjuague de manguera, no queda más que el recuerdo.

¿Cristiano o pagano?

Seguramente ya les he mencionado que los recesos de verano en mis años de escolar transcurrieron en total felicidad acompañada de la despreocupación típica de la adolescencia en los montes del Quenepo[30] en la Villa de San Blas de Illescas[31].

En aquellos días en los que ya era yo toda una jovencita revoltosa y arriesgada entre las corrientes y turbulentas crecientes de ríos o charcos escondidos, donde nos bañábamos con cuanta criatura quisiera compartirnos su hábitat, tuve un pretendiente que me parecía todo un galán de novelas. Juro que para aquellos recesos escolares veraniegos el tipo me parecía lo máximo, a pesar de que por más que ejercito mi memoria tratando de reconstruir su imagen en mi mente, definitivamente no he de haber superado aquella impresión que me hizo olvidarlo de golpe y porrazo.

Resulta que andaba yo cumpliendo una de mis misiones de siempre, esas que fácilmente dominan hasta mi forma de caminar y encienden el turbo que hace que mis patas de pollo arisco se muevan a la velocidad de la luz, cuando dejé de soñar con aquel chico a quien días antes encontraba de ensueño.

De regreso a la funeraria donde estaba de cuerpo presente Jesús, a quien días antes unos asaltantes habían asesinado vilmente durante su turno de guardia de seguridad en el desaparecido peaje de Salinas, vi al que hasta ese momento había sido el chico de mis sueños nada más y nada menos que tras el volante de uno de los coches fúnebres de la misma funeraria que visitábamos

---

[30] Barrio de Coamo, Puerto Rico
[31] Coamo, Puerto Rico

en ocasión de la muerte de Jesús, a quien de cariño le llamábamos "El Negro". Y fue esa la impresión que culminó con aquel romance platónico que nunca llegó a arrancar.

No por ser yo la hija del veterano o la nieta del Negro del Tumba'o traía yo el espíritu valiente necesario para querer andar por el mundo ennoviada con el hijo del embalsamador.

Ya luego del trauma que me asistió a olvidar aquella belleza sureña, nunca volví a pensar en el asunto fuera de algún maratón de chistes funerarios, en los que nunca falta la anécdota en la que expongo las circunstancias de mi breve enamoramiento del hijo del embalsamador. Hoy día ya somos parte de la historia de la isla, ambos viajando travesías paralelas. Y a pesar de que lo he vuelto a ver en infinidad de ocasiones en la pantalla chica y en los periódicos, no logro grabar su imagen; así de contundente fue el trauma de mi adolescencia.

No me creerían si concluyo ante la Vida, que dentro de todos los defectos que acompañaban al hoy día legislador, ser el hijo del embalsamador era el defecto menos importante. Qué decepción me volví a llevar el día que vi en las noticias que el alcalde de un pueblo vecino —Santa Isabel[32]— le partió la cara al adulto en quien se convirtió aquel chico que por un verano ocupó mis pensamientos.

Y cada año en ocasión de día de muertos me pregunto si el hijo del embalsamador es cristiano o pagano.

---

[32] Municipio al sur de Puerto Rico

Sin música

Sin música, el 31 de mayo del 2015 hubiese sido un gran desperdicio en el calendario de mi vida.

Si la memoria no me falla, tal día el gran Tito Puente pasó a mejor vida y definitivamente que aún ha de estar deambulando entre conciertos entreteniendo al más selecto público.

De pequeña le insistí a mi querida cachorra Patricia que el día que quisiera probar sus amistades observara de cerca, tomando inventario de quiénes permanecían a su lado cuando ella hubiese cometido algún error. Hoy día, sin haberlo planificado, me tocó reprobar a quien no pasó esta prueba que ofrecimos sin querer y sin avisar.

Ya bien lo ha dicho mi querido Sammy. Escribir en un muro de redes sociales es una tontería. Llegar hasta mi casa con un festín y armar una actividad tipo velorio reventón es un gran gesto. Interrumpir una celebración con motivo para hacerme una llamada ofreciéndome números telefónicos, soluciones y un hombro para llorar, es de hermanos.

No obstante, y por otro lado, hubo quien me dejó estupefacta exhibiendo el comportamiento de las hienas sin siquiera caer en cuenta de que mostraba con insensatez la realidad de su hipocresía.

Impávida quedé cuando a menos de dos días del gran día y con todo listo, me dieron de la administración escolar la nefasta noticia de que mi benjamín reprobaba, negándosele la participación en los actos protocolares de aquella graduación que con tanta ilusión habíamos esperado.

Ya lo peor pasó y como de costumbre, logramos dilucidar el gran conflicto de calendario que más bien se sorteó solo cancelando bajo protesta nuestra excursión tribal al Centro de Bellas Artes, donde habíamos planificado ir a ver a nuestro Trompas recibir su certificado de graduación de la preparatoria.

Tal y como dijo la una vez asesora del presidente de Estados Unidos de América, Condolezza Rice, no hay que verse hacia atrás, ni enfocarse en los capítulos ya terminados por exitosos que hayan sido. Hay que siempre mirar hacia delante y con la frente alta, enfocando las miras en el infinito como el límite por duros que hayan sido los fracasos o los tropiezos anteriores.

Es aceptable cambiar el curso de los planes cuando los mismos son inalcanzables. Y es saludable que las lecciones a los hijos sean a través de nuestras acciones paternales. Mirando en derredor mío me convenzo de que en este país estamos viviendo unos tiempos muy tristes, en los que los principios son parte del pasado histórico y la caridad no existe.

Logramos pues, disfrutar entre lágrimas y mocos por los logros no alcanzados de un día musical a la vez que aceptaba sin remedio que no soy la primera madre que pasa tal sofocón ni mucho menos es el Trompas el primer genio que reprueba.

Recuerdos vacunos

Es harto conocido que procedo de una Tribu algo inusual e inquieta y que el aburrimiento nunca ha hecho de nuestra aldea su hogar.

Siendo yo muy chica, a esa edad en la que los recuerdos resurgen de entre los sueños, contando con esa estatura indefinida en la que apenas puedes mirar y ver fuera de la cabina del carro que te lleva sin dirección concreta por ir hundida en el asiento, careciendo de asiento protector, además de ir apostando a que la suerte te acompañase en caso de algún accidente por andar de pasajera en un vehículo sin cinturones de seguridad, iba libre como la brisa que me acariciaba el rostro mientras desplumaba mis rizos achicados en dos coletas con un gran emplaste de Brillantina Halka®. Es que iba yo acompañando a mi tía adolescente, quien manejaba su flamante *volky*[33] en dirección a una verbena de esas en las que abunda la vagabundería de los que no cuentan con planes ni rumbo.

Debo aclarar que tuvo mi Titi Julia que rogarle hasta a San Juditas para que mi Cacica le permitiera el privilegio de mi compañía rumbo a aquella verbena campesina. Y es que mis tías adolescentes eran muy relajadas en cuanto a precauciones y a seguridad, cosa que le ponía a la Cacica los pelos de punta.

Ya en carretera y experimentando yo la misma velocidad y dinámica que sobre una montaña rusa en el *volky* de siempre, iba fantaseando que volaba por los aires mientras me balanceaba con gran destreza para mantener los dientes intactos. Hoy comprendo que íbamos a exceso de velocidad y sin respetar ley de

---

[33] Volkswagen® *Beetle*

tránsito o regla de seguridad alguna. Milagrosamente, como cada vez, llegamos a nuestro destino sanas y salvas. Desmonté del *volky* saltando por la ventana del pasajero como quien se tira de un caballo y de unos cuantos saltos me personé a la entrada del improvisado cerco donde había machinas, rodeo taurino, escándalos musicales, rifas y toda una conmoción pueblerina.

No recuerdo haber pagado, aunque imagino que alguna tarifa de entrada hubo que liquidar.

Una vez en la verbena comí tantas golosinas, algodón, palomitas, pinchos y demás porquerías como mi estómago me permitió, puesto que no recuerdo haber contado con la asistencia de un adulto que dirigiese mis descabellados antojos. De alguna manera me distraje y no logro componer la historia de la rifa en mis recuerdos, aunque sospecho que hubo algún tipo de fraude de parte de quien hoy día no recuerda haber sido parte de estos episodios impíos que bailan en mi memoria.

Ya una vez el vacío en mi recuento mental cede, veo cual película de producción barata y a la prisa una novillita[34] berreando en el asiento trasero del mismo *volky* que trasladó hasta Coamo la gallina secuestrada en Arecibo. Una vez los ayudantes de la producción felicitaron a la "ganadora de la rifa" y atacuñaron con gran esfuerzo aquel trofeo que berreaba como en el matadero, casi no sobraba espacio para yo acomodarme junto a la pobre bestia que bramaba desesperada. Una vez acomodada junto a mi nueva adquisición volví a sentirme como en la montaña rusa, pero esta vez con efectos especiales de ruido bestial.

El trayecto de minutos me pareció de horas, aunque ya una vez en casa de los Abuelos, olvidé el

---

[34] Becerra casi recién nacida

suplicio del transbordo y comencé a asistir a mi nueva mascota en los asuntos de conocer a su nueva familia. La Abuela Sofía se encargó de celebrar nuestra más reciente travesura e inmediatamente la hizo sentir bienvenida, al punto que la becerra entendía que era ella quien dictaba la vida diaria de todos los miembros de su nuevo hogar.

Lamento haber olvidado el nombre de aquella vaquita, que en su metamorfosis a la vida adolescente no perdía oportunidad de exhibir su imaginaria cornamenta fajando a diestra y siniestra todo lo que se moviera. Aquella bestia no daba respiro ni perdonaba, atacando hasta la mano que le daba de comer. Posiblemente decidió no agradecer el aventón que pudimos darle sobre el asiento del *volky* habitual. Me pregunto si hubiese sido más prudente localizar y asegurarle un aventón sobre un vehículo más apropiado, como por ejemplo una güinchita[35] tipo Ford® F-150.

De cualquier manera, haciendo honor a su corazón aventurero e ignorando todo tipo de precaución alimentaria e imitando mi glotonería, se atragantó sin remedio a pesar de que mi Titi trató de removerle la semilla de la fruta homicida atascada en el joven gaznate[36].

Sí, nos abandonó de repente y sin despedirse.

---

[35] Camioneta tipo *pick-up*
[36] Tráquea

Domingo

Un domingo navideño con la Tribu amazónica en mi Viejo San Juan declaré: "Soy gitana... ciudadana del mundo que me quiera acoger y aceptar con defectos, virtudes y perfecciones".

Comienzo este relato por comentar ante el mundo que el que se inventó la frase que aseguran es bíblica y reza "Dejad que los Niños vengan a mí porque de ellos es el reino de los cielos" no ha tenido que bregar con los hijos de Sofi.

Por otro lado, felicito a Liz, puesto que esos chiquillos me acuerdan a mis huérfanos espirituales, que nacieron bien comportados. Agradezco a la Cacica y al cielo toda la ayuda recibida, porque a ellos debo que a orgullo lleve el que así de ejemplarmente comportados sigan al día de hoy.

Comenzamos la jornada en el punto de encuentro acordado. Nos vimos frente a Burlington® de Santa Rosa Mall en la Ciudad del Chicharrón[37], donde nos apapachamos y acordamos tirarnos en el tren urbano sin rumbo fijo.

Tomamos la ruta hacia Santurce y una vez llegamos al final, nos desmontamos en la Parada Sagrado Corazón para de allí trasbordar en el bus de la Autoridad Metropolitana de Autobuses, mejor conocida como la AMA, hasta el terminal de autobuses que queda cerca del frente portuario del Viejo San Juan.

Una vez en el Viejo San Juan, caminamos hasta un pretensioso "come y vete"[38] con mesas a complacer los chiquillos, que se antojaron de comer pizza. Después

---

[37] Bayamón
[38] Cafetería

71

de todo, la época navideña es de los nenes y hay que complacerles los caprichitos pequeños, que son los que uno a uno componen la armonía de los asuntos familiares de importancia.

Una vez comidos, nos arrancamos hasta el Parque de las Palomas, no sin antes detenernos a elevar una plegaria por nuestros enfermos ante la Capilla del Santo Cristo de la Salud.

"Dice la leyenda, según Cayetano Coll y Toste, que para los años 1750 más o menos, se había efectuado una carrera de caballos a lo largo de la Calle del Cristo. Uno de los participantes no pudo detener su caballo y se cayó por el precipicio. Don Tomas Mateo Prats, que era el secretario de gobierno para aquel entonces, invocó al Santo Cristo de la Salud y que el joven que cayó por el precipicio se salvó. Por agradecimiento al Santo Cristo de la Salud, Don Tomas Mateo Prats ordenó construir la Capilla".

La verdad no es esa. Estudios recientes hechos por Don Adolfo de Hostos confirman que el joven que cayó por el acantilado sí murió. Y que Don Tomas Mateo Prats ordenó erigir la Capilla para evitar tragedias futuras.

Nuestra visita a la Capilla no culminó sin eventualidad, toda vez que la "chiquitita"[39] de Sofi tiró el helado en plena entrada al atrio de la misma. Merecida estuvo mi dirección, que dándome guille de Madre Superiora y ayudándome del rabo de caballo que llevaba la chica, le tiré cual brida de bestia ecuestre para sacarla del camino de Dios mal llevado.

Una vez en el Parque de las Palomas pudimos convencernos de que "los diablitos"[40] de Sofi no son de lo peor. Hay diablitos de peor calaña, si me lo pueden

---

[39] Suanyeliz, la hija más pequeña de Sofi
[40] Como la Cacica llamaba de cariño a los hijos de Sofi

creer, que se divertían destruyendo los nidos de las palomas, asaltando los palomares mientras los padres hacían la misma función que las figuras decorativas, que por ser motivos navideños en estos días, abundan por toda la ciudad amurallada.

Subimos hasta la Plaza de Armas a saborearnos un cafecito 4 Estaciones mientras con incredulidad disfrutamos de las coreografías que con gran energía y sincronía los empleados —de momento convertidos en bailarines de vitrina— de la tienda por departamentos Marshalls® ejecutaban para el deleite de los transeúntes, quienes quedábamos con la boca abierta ante tal improvisación.

El día llegaba a su punto culminante, cuando ya casi cerrando la tarde y viniéndosenos encima la despejada noche caribeña de un Viejo San Juan familiar nos personamos a la actividad que estaba pautada a celebrarse en los Jardines de la Fortaleza, pero por la primera dama Doña Wilma Pastrana, desde Coamo sin sabor, haber echado de menos pertenencias de la misma el martes de la semana anterior, la seguridad de la mansión ejecutiva tuvo a su haber mover los eventos anunciados en la cartelera de Domingos de Navidad en los Jardines de la Fortaleza hasta el Paseo de la Princesa[41].

Total, que la idea de someterse a registros y humillaciones por parte de la seguridad del Palacio de Santa Catalina[42] hubiese espantado nuestro interés de deleitarnos con la ópera corta *Amahl y los visitantes nocturnos* —el relato de un milagro de Navidad de los Reyes Magos—. La misma fue producida por Antonio

---

[41] Paseo tipo malecón localizado bajo los jardines de la residencia del gobernador de Puerto Rico
[42] Residencia del gobernador de Puerto Rico, también conocida como La Fortaleza

Barasorda, dirigida por Ilka López y apreciada por nosotros.

El escenario, enclavado a la altura de la curva donde está la fuente de las razas y desde donde apenas se percibía a lo lejos *La Rogativa*[43], se desplegaba imponente e improvisado; digno de cualquier lugar europeo frente al impresionante Océano Atlántico.

Ya de regreso al punto de partida inicial, el Trompas le regaló al chófer de la guagua nocturna —la que debo añadir iba repleta de pasajeros aborrecidos, miserables y cansados— su almuerzo, que con la idea de comérselo al día siguiente, había conspirado con la Titi resguardándolo de todo peligro y cargándolo por las calles adoquinadas con gran celo, cual botín de corsario desde las tempranas horas de la tarde caribeña de mi Viejo San Juan.

---

[43] Escultura emblemática en el bajo Viejo San Juan

El regreso

Hace meses no me tiraba al ruedo musical bailable por diversas razones, entre ellas el maldito mosquito haitiano que logró neutralizar mi invencible espíritu pachanguero, manteniéndose el mismo achicopalado durante los últimos meses. Parece risible, pero es totalmente real que un bicho de tal pequeñez logre aniquilar el alma, cuerpo y espíritu de aquellos que hemos sufrido en huesos propios el famoso y temido dolor artrítico que no te permite ni dormir en paz. En mi caso particular, lo peor fue que quizás en un ataque de envidia o de solidaridad con la Cacica, o simplemente por querer imitar a la Jefa, enfermé de lo mismo cuando aún ella no se recuperaba.

Hoy recuerdo entre sueños borrosos lo que no estaba pasando, puesto que hubo que hacer un alto en la vida útil de la Tribu completa. El insoportable dolor entre un ataque febril y otro me obligaba a clamarle a Dios que me llevara. No se me ocurre otra cosa que no sea agradecer las atenciones de todos los que me cuidaron —Titi, Sofi, Liz, Iche, Francis y Patricia—, quienes tuvieron que faltar a sus obligaciones por quedarse monitoreándome las plaquetas previo a las transfusiones, y Yomara, quien con su incondicional amor me compartió sus recetas curativas "en vivo" llegando a mi lecho de moribunda con una colorida fuente de servicio que desbordaba nutrientes. Agradezco además a los que estuvieron al pendiente llamando y enviándome mensajes de aliento. A los que me dieron espacio para manejar mi desánimo también les agradezco su comprensión. A mi hermana en la maternidad de la barriada escolar pirata —Nancy García— le agradezco sus consejos y su ánimo aún estando ella en las mismas.

Confieso que ese golpe bajo me hizo comprender que, sin salud, la vida se dificulta para todos los que comparten el entorno del inválido. Y es que mi Cacica insistía en medio de sus delirios febriles, y ya luego durante su lenta y errática mejoría, que se había quedado inválida para siempre. Afortunadamente, en una de sus pocas equivocaciones, ya hoy estamos casi bien, aunque no hayamos regresado a la rutina del "antes".

Desafortunadamente, todavía seguimos en el "después", aunque esperanzadas en que podremos alcanzar la recuperación total y retomar la pachanga.

Y como ya todo va regresando lentamente a la normalidad, pues... El otro día, por fin regresé a la pista de baile, y aunque no había visitado el lugar en cuestión, la experiencia fue satisfactoria. Me sentía entre un mar de desconocidos hasta que alcancé a ver a mi gran héroe de este ruedo musical, Gilbert —quien inmediatamente me hizo sentir como en casa—. Esa noche, por ser la primera después de un reposo tan extenso, lo tomé con precaución por aquello de tantear a ver hasta dónde el cuerpo aguantaba, porque fue como empezar de nuevo luego de andar en tránsito por el purgatorio. Me fui a casa bastante temprano y tan pronto me lo permitió la lentitud de los chicos del *valet parking*.

Puesto que no me reventé en ese primer intento, al otro día volví a mis andadas rumberas. Aunque la oferta era extensa y variada, me di el lujo de decidir por mantener el pelo en condición estable. Y es que habiendo despedido el año casi al aire libre y sudando la gota flaca de este calor boricua, el abuelo de origen africano sale a relucir a la menor provocación. Y por evitar que el pelo se pusiera en condiciones infrahumanas antes de tiempo, nos conformamos y negociamos esto por aquello.

La música no fue del otro mundo, pero siendo el lugar uno de mis favoritos, el evento parecía prometedor. Llegamos a tiempo hasta para estacionar *VIP* y aunque aseguramos una mesa, no estuve sentada por mucho. Por llegar a tiempo, el lugar estaba casi vacío. Casi de inmediato me percaté de que, al igual que en el lugar del día anterior, allí tampoco conocía a casi nadie.

Comprendí que varios meses es suficiente para que la escena cambie. Sin embargo y menos mal, no importó que fuera yo "la nueva". Me sacaron a bailar antes de poderme acomodar en la silla. Adivino que debe haber sido porque andaba yo con la *DJ* oficial del *Día Nacional de la Salsa*, Carmencita DJ. Aun sin conocer el proponente, no estaba yo en condiciones de exigir y me aventé a arriesgar la pieza con un desconocido que me daba la impresión de haber visto antes por el gran parecido que guardaba con *Skeletor*[44]. Ya una vez en la pista reconocí que bailaba muy bien, aunque levantando los pies cual martinete saltando sobre charcos. Una vez finalizó la pieza, les recomendé el bailador a mis compañeras de mesa, asegurándoles que podían bailar con él en confianza, teniendo cuidado de no tener sus pies bajo los de él por aquello que los bailarines tipo martinete pueden dar pisotones que te saquen de carrera y te devuelvan a la mesa de una vez. En otro momento describo mi experiencia, cuando de novata, perdí la uña del dedo gordo del pie izquierdo por un mortal pisotón recibido allá, en la pista de baile del desaparecido *San Juan Chateau*.

Bailé varias piezas con el simpático *Skeletor*, con quien compartí una gran cantidad de carcajadas en medio de vueltas y figuras. No paramos de reírnos y, en

---

[44] Personaje creado por *Mattel*® que personifica un esqueleto vivo

medio del bailoteo, aprecié sus dientes de calavera que exhibía sin reparo alguno.

A la tercera noche volví a mis andadas de manera consecutiva; esta vez a encontrarme con mis amiguitos de la Orquesta de la Eterna Juventud[45]. Dos de mis hermanos de la Vida se llegaron hasta mi choza a ofrecerme un aventón, lo que me economizó la preocupación del escaso estacionamiento con el que el lugar cuenta. Una vez en el lugar, y mientras mis benefactores del pon[46] fueron a saludar al *DJ*, yo me aseguré de reservarnos un buen puesto y al igual que el día anterior, logramos retener asientos privilegiados.

Entre pieza y pieza me dediqué a observar mi entorno, identificando a la chica a quien se le perdió el culo saliendo del servicio sanitario con sus zapatos tipo plataformas de color rojo envueltos en papel sanitario, a un bailarín martinete de zapatos blancos, al tipo de los zapatos "MaicolCoors"[47] que estoy segura adquirió en una barata tipo quemarropa de la Calle Loíza, al mexicano con cuerpo de mariachi y al viejito que me hizo recordar a mi perrita de niñez; aquella pekinés con la mordida irregular de dientes inferiores protuberantes que tanto añoñaron mis caciques.

Anoche, por algún juego planetario desconocido, la gente andaba algo confusa y desconcertada. Probablemente la luna llena hizo que el Ángel con quien he bailado un millón de veces sin problemas se convirtiera en el Ángel desinhibido que hubo de perturbar hasta la paz del inútil y moribundo anciano a cargo de la falta de seguridad del lugar.

---

[45] Orquesta *Mulenze*
[46] Aventón
[47] Imagino cómo se pronuncia MK® cuando el artículo es una mala copia

La cobardía

Comienzo por confesar que no me da pena gritar a los cuatro vientos que no me conmueve el lloriqueo del que se va de la Patria buscando progreso, para luego lamentarse públicamente porque se está perdiendo la temporada navideña boricua. Esos mismos son los que, en privado, están donde quieren estar. He de tomarle prestado un refrancito a la hermana consanguínea de una de las hermanas que la Vida me regaló, **Carmencita**. Supe por referencia que es total el convencimiento con el que la chica repite su muy "El que esta jodío[48] es porque quiere", y ya hasta a mí se me está pegando.

Lo menos que nosotros los pendejos que enfrentamos la gran debacle entre maldiciones, dificultades, matanzas y tiroteos diarios que reinan en estos confines merecemos es gozarnos esta, la temporada navideña más larga del Universo con el guille[49] que nos caracteriza.

Ya lo he dicho mil y una veces, que uno está donde quiere estar. Y de eso doy fe, pues en más de una ocasión he tenido que evaluar prioridades y revisitar opciones, además de declinar ofertas tentadoras, para mantenerme con las zapatillas bien puestas sobre la brea y no flotando entre las nubes.

Me cansa la gente cobarde que prefiere refugiarse en el clandestinaje y fingir una vida de plástico, toda vez que vivir a plenitud requiere afrontar con valentía la defensa de nuestros actos y la fortaleza para afrontar las consecuencias.

---

[48] Arruinado
[49] Arrogancia

Todos en algún momento hemos sido víctimas de la cobardía o peor aun, del cobarde que limita nuestros sentidos y atrofia nuestro ser. Solo el más valiente logra resurgir como el Ave Fénix.

Solo alguien de voluntad aplastante logra salir del rincón del engaño con aura radiante a reincorporarse a la vida real con espíritu renovado e individual, listo para librar la no tan fácil batalla de ser libre. Sospecho que de ahí se origina el calificativo, tan indiscutiblemente femenino, que se ha vuelto una imagen eterna para todas las que hemos sobrevivido: "magnolias de acero"; calificativo del que hasta los guionistas han logrado absorber inspiración.

Cuando la mentira domina, la vida se convierte en un castillo de cartas, listo a colapsar ante la menor amenaza de brisa imaginaria, y es ahí que la cobardía no permite línea divisoria entre la mentira y la verdad. Una vez que la cobardía domina el ser, la dignidad desaparece y la realidad se distorsiona.

La cobardía no logra que el débil engañe a nadie fuera de su ser. La mentira es evidente. Lo peor de todo es que el cobarde cree engañar a la humanidad, pero a quien único engaña es a sí mismo.

Solo un ser indestructiblemente sabio logra dispararse desde el fondo de un pozo enfangado de engaños hasta la superficie para abrazar la verdad, venciendo la cobardía e imponiéndose a la mentira para lograr nuevamente disfrutar de quien es en verdadera identidad y armonía.

Carta a mi gemela perdida

Isabel:

¡Buenos días!

Primero que nada, quiero agradecerte que nos hayas recibido en tu nido y que hayas compartido tu familia conmigo y los míos. Tienes una familia exquisita que, al igual que la mía, no muestra distancia ni permite que dificultades les puedan separar. Sé que el resto del grupo comparte mi sentir, aunque no me atreva a hablar por ellos.

Pido al Universo que la Vida continúe premiando tu bondad y tu nobleza, aunque sea difícil superar el premio de contar con una madre en la que puedes descansar tu fatiga aun en medio de las angustias cotidianas. Lo digo por experiencia. Cada vez que creo que me hace falta algo, pauso y me doy cuenta de que tal y como dice el refrán: "El que tiene madre, no sufre" o como en mi caso, tiene con quien compartir el sufrimiento y convertirlo en diversión.

La entereza que te acompaña, aunque tú no la notes porque vives contigo misma, ha de ser un ejemplo de motivación, toda vez que siempre que recibes limones haces limonada. Eres fuerte, bella y triunfadora, y por eso mereces estar orgullosa.

Me alegra que hayas conseguido un alma gemela que, aunque parezca que está distante, ya la Vida resolverá la aparente dificultad de la lejanía, y digo "aparente" porque con todas las soluciones tecnológicas a la mano no hay que enfocarse en lo lejos, sino en lo cerca. De cualquier manera, somos gitanas, residentes del mundo y ciudadanas del Universo que nos quiera acoger y aceptar con defectos, virtudes y perfecciones.

Te quiero mucho y te deseo que siempre tengas PAZ, SALUD y PROSPERIDAD en familia. ¡Salud!

Besos,

Bella Martínez

PD: Estoy escribiendo un cuento cuya protagonista se llama Chabela Guerra y, aunque no tiene que ver contigo, te anticipo que tú y la señorita Guerra tienen mucho en común...

No consientas

En la vida no he conocido ser humano más agradecido que el Trompas. Aun cuando las cosas no le salen como él sueña, no pierde su aparente paz. No hay quien le borre ese rostro de jugador de *poker*, ese semblante sereno que adoptó desde que tenía como tres semanas de nacido y al día de hoy todavía le acompaña.

Hoy ha sido un día largo, lleno de obstáculos tecnológicos. Sin embargo, al verificar su ánimo logro descubrir que, aunque algo desconcertado por los escollos cibernéticos que aún no logra rebasar, ve la decencia de agradecerle a Milton la ayuda prestada sin esperar nada a cambio, al tiempo que concertó cita con el técnico que por suerte estaba disponible en día feriado. Sospecho que la línea directa de Patricia www.facebook.com/patricia.i.vazquez, la hermana del Trompas —quien suele ser la reina de los contactos y las gestiones— con el técnico, además de la sangre liviana que acompaña al señorito "Gracias", ha de haber influido en cuanto a la disponibilidad del tipo.

Chabela Guerra ha estado aprendiendo a manejar sus emociones tal y como el Trompas le ha explicado con acciones —que impactan más que mil palabras— en cada una de las lecciones que, sin intención y mucho menos ánimos de profesor de conducta, imparte a todos quienes le rodeamos y que experimentamos a diario su tan elocuente silencio.

Chabela no consiente a que la pisoteen. Cuando supo de las barbaridades con las que Jan trató de empañar su reputación, Chabela sintió una profunda pena, toda vez que fue ella una de las promotoras iniciales de Jan a pesar de la ineptitud de esta última; retraso que en aquellos años todavía no era evidente.

Chabela nunca ha claudicado y luego que aprendió a respetar su lugar, jamás ha consentido a que le atropellen su espacio; todo bajo la premisa de que quien único puede consentir a que te abusen, es uno mismo. Esta premisa que con vehemencia Chabela comparte es un misterio puesto que es bien sabida, aunque no todos pueden aplicarla con eficacia.

En la vida hay que hacer un alto cada vez que notas que te asalta la brutalidad y que te vuelves silvestre como los matojos en el campo, que sin el menor pudor le invaden el solar a las plantas dueñas que con intención crecen en la tierra fértil que saben suya.

Tal y como la fertilidad de la tierra no discrimina entre plantas dueñas o invasoras, florales, árboles frutales, parásitos, matojos y otras yerbas, la educación a veces se va borrando si nos permitimos el lujo de contagiarnos con la "normalidad" reinante entre la mayoría de los que nos rodean. Con pena voy notando que la educación va tornándose en uno de los comportamientos que van cayendo en desuso.

Sin embargo, nunca falta un ser etéreo que provoca y protagoniza eventos que sin saber regalan felicidad a los demás. Ha de ser porque Doña Gloria ha dedicado su muy digna vida al servicio público.

No recuerdo cuándo fue la última vez que experimenté y disfruté un regalo de amor desprendido, comparable al de la Cacica. Fue en 28 de diciembre cuando Doña Gloria me recibió en su nido mostrándome una flamante sonrisa dibujada tras labios de carmín mientras sostenía senda fiesta en sus manos, que extendían de manera mágica un manjar vegetariano especialmente arreglado para mí en medio de un ágape cuyo menú disponible era el navideño tradicional boricua con lechoncito y todo.

Nunca voy a olvidar la figura de Doña Gloria recibiéndome con aquella ternura —que tanto escasea hoy día— mientras me extendía una muy exclusiva invitación para que entrara a su sala, aquella la primera vez que me conocía en persona.

Intuyo por el trato que me dio Doña Gloria, que ya había escuchado de mí. Supongo que la reputación que me antecedía tuvo que haber sido de lujo porque me recibió con la pompa con la que se recibe un jefe de estado, aunque con menos formalidad y más amor que el que merecen tales dignatarios.

De hecho, me siento en la obligación de obviar el motivo del festejo, que pasó a un segundo plano, puesto que fui a llevar el regalo del homenajeado y recibí además del amor antes descrito unos cuantos presentes, que de hecho no estaban en agenda. Definitivamente, que dando es que se recibe.

Una vez más agradezco a la Vida por la lluvia de cariño que me rocía a diario. Que Doña Gloria haya sido un diluvio es harina de otro costal, por lo que pido al Cielo me le cuide su hogar además de su descendencia, puesto que he de vivirle eternamente agradecida por tan noble detalle.

Hoy, a más de un año del rescate de la hija de Doña Gloria de una pesadilla que no viene al caso compartir por respeto a las sesiones mutuas de terapia sicológica informal, veo desde la distancia que tuvimos éxito en aquella titánica tarea de botar la libreta y conseguir una nueva con páginas de pergamino en blanco, puesto que cerrar el capítulo no hubiese sido suficiente.

Ya podemos brindar agradecidas por los asuntos que hoy día carecen de importancia, porque no consentimos a ofrecerles la importancia que no tienen. ¡Salud!

Paz

Alcanzar la Paz NO es casualidad, hay que decidirlo.

Pausar sin detener el paso te regala la Paz que reside en la certeza de descubrir el trayecto que te llevará hacia el destino al que solo tú sabes querer llegar. Al final del camino, lo que cuenta no es llegar primero sino llegar en Paz.

Aunque no nací sola como podrían decir otros, disfruto de la compañía de mi soledad. La Vida me enseñó —como diría mi Titi favorita— a tomar las aparentes dificultades con el espíritu deportivo característico de la adaptación. Poco después de mi nacimiento aprendí, gracias a las lecciones de mi Tribu familiar, a reponerme ante la adversidad de perder mi compañía sin perder tiempo, toda vez que el tiempo es una de las pocas cosas que no se recupera cuando se pierde. Las pausas son parte del camino y nunca retrasan si se hacen de manera sabia y calculada.

En uno de esos días, en los que me irrita el ánimo pasar por la vida de gente a la que sé no le importa cómo te encuentras, pero igual preguntan (por curiosidad, por entrometimiento o simplemente por hábito) "¡Hola! ¿Cómo estás?". Y preguntan sin necesidad, puesto que bastaría un simple "Buenos Días", me llegan al corazón interrogantes que no puedo ignorar.

Así que tal y como dice la canción, si los tambores me llaman, me voy con ellos para poder olvidar las afrentas de inmediato, puesto que la música te lleva a ignorar los asuntos sin importancia y a retomar la perspectiva de vivir la vida con el brío que esta merece.

¿De qué vale tener un carnaval sin amor propio? Es necesario hacer inventario de los logros y descontar las desventuras, puesto que estas no componen nada en la ecuación que todos estamos obligados a resolver en el afán diario.

Matemáticamente hablando, la ecuación de cada cual debería fluir tal y como se resolvería una operación matemática que cuente con un polinomio: parte por parte. Un consejo que el Cacique insistía en repetirme toda vez que yo no siempre demostraba haber internalizado la destreza, era la resolución de las vicisitudes una a la vez, sin perder el foco de la tarea inmediatamente a la mano.

Las transiciones requieren una pausa. Igual que cuando te pierdes en una ruta desconocida. Es de sabios detenerse a recuperar la orientación de los puntos cardinales, estudiar el mapa, situar e identificar los puntos de referencia para decidir las opciones. Una vez se cuenta con toda la información necesaria, es posible volver sencilla la tarea de seleccionar la ruta más conveniente. Seguir adelante por la ruta equivocada nunca te va a llevar con certeza al destino escogido y planificado.

Llegar hasta aquí requirió hacer la pausa obligada tantas veces fuera necesario, adoptar los consejos de mis antepasados, ignorar los consejos que no se pidieron, estar atenta a las señales y de manera consciente seguirlas, además de arrancar de raíz las discordancias que, igual a las malas yerbas que empañan la homogeneidad del césped, trataron de interrumpir mi armonía universal. No es que sea egoísta, simplemente decidida a no negociar lo que no es negociable.

Pausar cuando no se cuenta con total certeza de que la dirección por la que nos lleva la ruta es la anticipada como correcta, es la decisión más acertada que se pueda tomar. Y contrario a lo que algunos seres menos aventajados intelectualmente puedan pensar, no es señal de indecisión, sino todo lo contrario; es evidencia de que se cuenta con buena coordinación entre lo que es, lo que debería ser y lo que se ha decidido lograr en el sentido decidido de la palabra.

No es casualidad que mi vida sea una de Paz. Hay que pausar sin detener el paso, pensar y actuar cuando las dudas se han disipado. Y como dice mi Titi: "Al mal tiempo, buena cara".

Y que siga la Fiesta en Paz... ¡Weeepa!

El rechazo

Clara Ríos sabe, entiende y no duda de que *Yuquiyú*[50] está en control, aunque *Juracán*[51] quiera confundir el balance.

Los asuntos protocolares carecen de importancia en su vida real; en la imaginaria son un mal que, aunque necesario, resiste siempre que puede.

Lo más que perturba su sentido de labor social y magisterial es el hecho de que la hipocresía, la falsedad y la conveniencia rijan la vida y milagros de los cagacatres[52] que, cuales mercenarios deshonestos, matan hasta a la madre que los parió por adelantar su causa personal.

Clara siente cómo le arde el alma en llamas por evitar perder su clase y no decirle ni darle su merecido al llorón. Es que, en un momento de locura, le soltaron el micrófono declamador a quien se quiere hacer el más herido, cuando en realidad adelantó su causa personal, voluntaria e individualmente, llevándose a quien pudo por delante.

En medio de esa lucha interna por mantener su ecuanimidad habitual se encontraba Clara, cuando de golpe y porrazo se escuchó el hilo de voz entrecortada e interrumpida de Bob Gemidos por el altavoz. Entre sollozos, Bob transmitía su mensaje bobo, por no decir pendejo, luchando por convencer aquella multitud espantada que escuchaba sin oír que todos somos parte de su familia, asumiendo con su aire pretensioso de siempre que sería aceptado por todos. Y ya ahí sí que la señorita Ríos no pudo resistir la tentación de

---

[50] Deidad del bien en la religión taína
[51] Deidad del mal en la religión taína
[52] Buenos para nada

despepitarle un: "Bueno compay, uste' perdone, pero en mi Tribu no cabe un llorón porque aquí los indios bautizados no lloran".

Y así fue como Clara Ríos rechazó la ficha de entrada que Bob Gemidos le hizo llegar, asumiendo con la esperanza del ignorante que sería admitido a ser parte del rito de iniciación y bautizo de la Tribu más tosca del litoral, aunque también la más sabrosa y divertida.

El que tenga duda de los beneficios de pertenencia a la Tribu, no más eche un vistazo a los rigores de ese territorio amazónico en el que Clara bautiza a quien se prueba digno, y quedará convencido de que el rechazo fue por indigno y falto de mérito.

La Vida pasó factura

Han pasado tantas cosas desde la última vez que hablamos, que no sé ni por dónde empezar. La faena diaria me aprisiona y me deja casi sin aliento para respirar con libertad. Aun así, son tantos los trabajadores que dependen de mi casi extinta energía, que no consigo rebelarme.

¡Qué ingrata es mi lista olvidada! Que conste que la olvidé yo a ella luego de que fueran borrándose uno a uno los nombres por diversas razones, cual sentencia de divorcio que se llevó el río.

En uno de esos días en los que fallamos en comunicarnos, caí en brazos de Morfeo casi como muerta, estando aún en el sofá frente al televisor. A las mismas 12 de la media noche desperté con un dolor de pecho que lograba sofocar mi cansada respiración. Sin fuerza, pero con instinto de quedarme otro rato por el más acá, logré llegar al sanitario.

Una vez regresé del sopor en el que Morfeo me aprisionaba, recuperé mi usual bienestar. Esta vez me acosté, pero en la cama y dormí como un lirón.

Una vez abrí los ojos al amanecer de Dios, me entregué a la rutina mañanera de siempre. Al poco rato de llegar a la jaula laboral, la adulta responsable de la Tribu me notificó vía mensajería instantánea que aquel ratón ratero de mis malos recuerdos había tenido un infarto la noche antes a la mera hora en la que desperté con aquel dolor de pecho que me impedía respirar.

Antes de lograr corroborar entre una y otra inconsistencia que lo mismo podía ser el truco habitual de entrampar algún billete perdido que un preludio relacionado con la muerte que se le avecinaba, le comenté a dos de mis más cercanas confidentes lo que me había pasado, puesto que la clarividencia que circunda este monte una vez más lograba darme un certero aviso que, aunque triste, era justo y necesario.

Ninguna de las confidentes mostró empatía hacia la tragedia del supuesto enfermo. Por el contrario, la respuesta rápida de ambas fue harto inhumana.

Esa misma noche recibí una llamada de uno de los familiares del infartado en la que más bien pareciese se me hacía el interrogatorio testamentario del casi muerto. De momento se olvidaron de que no merecen el honor de que el hijo que comparto con el casi muerto todavía no haya podido perder lo único que le queda del difunto en proceso; un apellido deshonrado por las trampas, los trucos y las mentiras. Tampoco dieron importancia a los casi dos cuatrienios que el casi muerto lleva ya desaparecido, razón por la que esta otra muerte carece de valor real.

Lo más chévere es que la deuda monetaria carece de importancia cuando no hay cálculo matemático que equivalga a la deuda moral para la que no hay moneda tangible, esa misma deuda que no hay agencia que registre y que yo le perdono al asegurarle que a mí no me deben ni el saludo. Gracias al cielo y a mi Tribu, puedo vivir sin el mismo.

Ya bien lo dijo mi Cacica: "Por mí, que se muera lo más pronto posible".

La gran importancia del respeto al prójimo

En 1976, una de mis revistas favoritas de hoy día —*Redbook*, misma en la que colaboré hace par de años— publicó una de las primeras encuestas independientes sobre el acoso sexual; un término acuñado solo un año antes, cerca de 1975.

La década del '70 y el entonces nuevo término identificado como "acoso sexual" automáticamente alimentan los estereotipos negativos y los números estadísticos indeseados en cuanto al acoso sexual de la época se refiere. Para aquel entonces, el 90% de los entrevistados en la encuesta antes mencionada dijeron que habían experimentado atención no deseada en el lugar de trabajo.

Te sorprenderá leer que las mismas preguntas de la encuesta de 1976 arrojaron recientemente —en 2017— respuestas indicativas a que el 80% de los encuestados han sido objeto de acoso sexual. Han pasado 41 años desde 1976 y hemos mejorado un mísero 10%. Estoy segura de que hay quien con prisa concluirá que hemos recorrido un largo camino. ¡Pero los números hablan! Esos son los mismos números que me llenan de confusión.

Si por cada diez años ganamos diez libras de peso sin hacer ningún esfuerzo o cambio en nuestros hábitos alimentarios o ejercicio físico, no me parece ridículo que hubiésemos mejorado 41% en los pasados 41 años sin hacer ningún esfuerzo fuera de concientizar las masas, definiendo lo que viene a ser el respeto al prójimo.

Cuando me uní por primera vez al cuerpo castrense en el que inicié mi jornada profesional, mi segundo lugar de trabajo era el hangar medular de un ala de combate donde se mantenía la flota de aviones de caza F16 en alerta y lista a la defensa inmediata contra cualquier amenaza extranjera o doméstica. Recuerdo claramente la decoración de los sanitarios localizados en los hangares, misma que consistía en afiches de herramientas *Snap On Tools* y carteles de *Playboy*. Con solo ocho chicas militares en ese escuadrón de mantenimiento en particular, se esperaba que las nuevas adquisiciones se adaptaran a lo que había sido de siempre culturalmente aceptable y aceptado.

Bueno, irónicamente, viviendo entre esas viejas normalidades, nunca me sentí insegura o atacada en aquel ambiente de hermandad. Lo que veo y leo sobre el tema hoy día es absurdo. El respeto, la justicia y la decencia son el núcleo de quienes somos. Sin embargo, no es eso lo que trasciende a diario.

Claro que me encanta leer el lado más ligero de la vida. Soy una verdadera creyente en el poder de un nuevo corte de cabello o un afilado traje profesional, incluso siendo cómodo y casual.

Sin embargo, hay ciertas misiones que son parte clave de nuestra visión, que trascienden la política, la geografía o cualquier otra cosa. Sé amable. Sé inclusivo. Sé justo. Esas son lecciones que constantemente le compartí a mis hijos. Estoy segura de que tú también lo has hecho.

Todos nosotros y nuestras familias merecemos *sinceridad*, apoyo y empatía. Cualquier cosa menos respetable *no* es lo que esperamos ser.

Perdí hasta el pelo

Luego de un fin de semana que quisiera olvidar lo más pronto posible, regresé al monte y no al de los Olivos, a pesar de haber regresado a tiempo para la Semana Santa.

A mis amigas y enemigas que día a día se lamentan por no haber logrado ser madres, créanme que tal y como le decía a mi hermana de la Vida, esa que sufre mis desventuras con lágrimas y mocos, y que disfruta mis logros cual si fueran propios: la maternidad no es para todas.

Al menos cuando no tienes hijos, no tienes que conseguirte el *full cover*[53] y mantenerlo al día para protegerte de cada cagada de madre que merezcan tus hijos. Tampoco tienes que desvelarte cuando están enfermos y mucho menos llorar ante cada fracaso o lamentar cada mariconada que se le ocurre a tu descendencia.

Total, que no deberían lamentarse las que han llegado al ocaso de su fertilidad sin antes irse a la agencia de adopción de su preferencia y tratar de conseguir una mascota compatible con su estilo de vida.

Estas últimas semanas han sido de lucha sin cuartel. Entre gente adulta con *guille* de chiquillos malcriados paseando entre mentira y comportamiento sociópata, uno que otro idiota con cara de yo no fui, conflictos inesperados e indeseados, y la Paz jugando a las escondidillas, me la he pasado entre mi hogar y mi cueva. En fin, ya no sé ni dónde vivo, aunque igual sigo respirando.

---

[53] Seguro de vida imaginario para mantener a tu madre en buen estado y protegida de maldiciones

Al ritmo de *Abanacue*[54] iba camino a "casa" sintiéndome cual *Juan Cabeza Dura*[55]. Fatalmente, cada vez va menguando la lista... No son todos los que estaban, hoy están todos los que son...

No se ven los amigos en la acera, la ropa de última moda no se la ha vuelto a poner...

Hoy se me encendió la bombilla y, al perder el pelo en interés de algún paciente de cáncer en necesidad de una peluquita, decidí no volver a cometer el error de pedir disculpas cuando no soy yo la que estoy mal, solo por evitar situaciones difíciles. Es más fácil buscar la Paz y mantener la sonrisa evitando estar entre gente problemática. ¿Cómo la ves?

---

[54] Canción de La Sonora Ponceña, género: salsa
[55] Canción del Gran Combo de Puerto Rico, género: salsa

Un cuento de camino[56]

No me molesta si no me creen, toda vez que este es uno de esos episodios que convencerían a Alejo de que llamarme "Brujita", tal y como me bautizó hace varios años, fue su mejor hazaña.

Llevaba varias noches sin dormir pensando en una encerrona que se me venía encima. Sabía exactamente de quién venía, a pesar de no haber razón aparente y de que hacía meses no sabía de ella. Fui toda la semana a chambear con los ojos como dos carbones encandilados luego de pasar tres noches y tres días sin poder pegar un ojo.

Al segundo día de andar yo dormitando por la vida, mi asistenta tuvo que inmiscuirse en lo que no debería importarle y me preguntó si me sentía bien. Ya que preguntó, y puesto que andaba yo adormecida a causa de las noches insomnes, no logré defender mi tan preciada privacidad y cual vómito repentino, antes de darme cuenta de lo que hacía, vacié el pensamiento frente a ella y le conté con lujo de detalles las pesadillas que me mantenían despierta, además de especificarle de quién entendía llegaría la traición.

Le añadí que no sabía exactamente qué trastada me haría Caricarini, pero que no lograba conciliar el sueño.

Al cuarto día de no poder dormir debí iniciar mi jornada como el caracol con el carapacho al hombro para ir a reunirme con mis cachorros en la Gran Manzana. Esa mañana helada, luego de empacar las sorpresas que había ido acumulando para cuando llegara

---

[56] Un cuento que no es cierto

el momento de la cita con los chicos, me subí al Palomo y volé hasta llegar al destino.

Una vez en la vecindad de la Gran Manzana, me percaté de que tenía un correo electrónico en el que la Caricarini —de quien por cierto no sabía hacía meses, puesto que ni el mensaje que le envié tres meses antes deseándole un feliz año me había respondido— me pedía cita para hablar por teléfono.

Al cabo de una hora que me pareció una eternidad, la llamada de quien aún era mi "amiga" despertó la pantalla de mi teléfono celular. La muy descarada me tiró par de embustes con la desfachatez de quien engaña a su pareja frente a sus narices. Consternada por el giro que daría mi vida en un santiamén sin yo haber estado esperando aquella malintencionada manipulación, me entregué a la compañía de mis cachorros con aquella incertidumbre que la nueva preocupación abrumaba mi espalda; pensando que aquellas falacias eran parte de mi realidad inmediata.

Ni corta ni perezosa, luego de rogar al cielo por dirección espiritual, me aventé a llamar a mi real jefatura, cuestionándoles y exigiéndoles las razones de los cambios venideros. Subí dos escalafones en la cadena de mando, y ambos andaban tan confundidos como lo estaba yo.

Debo añadir que el dolor que traía en el omoplato casi a la altura del cuello me traía hasta con dificultad de movimiento. Sentía como si me estuvieran enterrando un cuchillo en múltiples estocadas.

Caminé cerca de cinco horas desde la 5ta Avenida, donde dejé mi reloj favorito —que heredé de mi Cacique— cambiándole la batería, hasta el Bajo Manhattan atravesando por la avenida Broadway. Fuimos a cenar antes de regresar a la hospedería, no sin antes deleitarnos con uno de los musicales reglamentarios.

Establecimos la rutina diaria hasta que llegó el momento de despedirnos frente al andén de la terminal aérea. Ya una vez todos repartidos, me entregué a la jornada de regreso al monte en el que vivía durante esa temporada.

La sangre me iba hirviendo cada vez que descubría un embuste nuevo y como bien lo dice la Cacica: "Para cogerme de pendeja hay que ir a la universidad y concentrarse bien".

Una a una fueron cayendo las piezas que fui descubriendo con la paciencia felina de siempre. Una vez más acepté y celebré que abuela Fina siempre supiese de mi clarividencia mientras seguía esperando la llegada de la nueva semana laboral.

Al inicio de la nueva semana logré descubrir todas las piezas del rompecabezas y colocarlas en su justa posición con la perspectiva adquirida previamente.

Con gran decepción me vestí de la firmeza que hacía tiempo no había necesitado para decirle a quien en ese preciso instante moría para siempre de mi vida lo que se negaba a oír. Como bien me hubiese dicho uno de mis grandes panas, de esos que la Vida te regala sin tú saber que mereces esa bendición fraternal; exploté como un siquitraque[57], porque debo establecer que mi botón político anda perdido sin remedio, además de que no perdono, aunque olvide.

Al cabo de varias juntas, de las que no vienen al caso los detalles, cabe destacar que mi honor quedó intacto. Sí, limpié mi honor. El resultado de aclarar el meollo y exponer la evidencia en mano, sin embargo, destruyó la credibilidad de la pobre Caricarini; a quien le

---

[57] Aparato explosivo

vendría bien tomar cursos de integridad en un convento de monjas con pistolas y llavero tipo carcelero.

Caricarini quedó como cualquier delincuente a quien le descubres en plena pifia. Ya el resto del día lo perdí en defender la verdad ante los embustes adicionales que la Caricarini había plasmado en las comunicaciones oficiales. Terminé los pendientes relacionados a mi defensa y me largué a la cueva.

Una vez llegué a mi lugar favorito frente al fuego de la chimenea con té de menta en mano, pensaba en la palabra del día y en la lección a mano; la que gracias a mis caciques y a las monjas armadas con reglas de madera aprendí tempranito en mi vida: "librada".

Ya sentada en la butaca frente al fuego y agarrando la taza de té, al tiempo que cruzaba las piernas, escuché al oído el susurro del Cacique: "Siempre que digas la verdad, serás libre".

El susurro fue tan real, que traté de buscar su materia, pero esta no estaba allí. Miraba embelesada la chimenea y el pabilo de la vela hacía figuras en humo que asumo se sostenían en el lugar de donde llegaba la voz de Papi.

Ya con la certeza de que el Cacique había sido parte de mi semana cuidando de mí, resolví no angustiarme por las consecuencias que tenga que enfrentar quien se inventó un cuento de camino paralelo a la realidad.

Luego de una tribulación que había durado varios días, el Cacique decidió venir a acompañarme mientras me saboreaba además del té de menta, la victoria liberadora que solo te da tener la Verdad en la mano.

Me despertó su olor de hacía casi siete años... ya a la hora de irme a chambear, aún seguía atrapada entre las sábanas sin poder moverme. Logré ir poco a poco hasta la cafetera. Ya cuando desesperaba por la inercia que me dominaba, me percaté de que no debía ir con prisa, puesto que era mi día libre.

Volví a tirarme entre las sábanas pensando en aquel vecino de mi última chamba, en quien nadie confía. Es el único amigo que le queda a Caricarini.

Solo interrumpía mi romance con Morfeo aquella voz retumbante cual cuero de tumbadora diciéndole a mi vecino: "Si traicionaste a tu gente y ahora solo te queda un amigo, debe ser que ese tu amigo es más pendejo que tú".

Aquel ratón ratero de mis recuerdos

¡De las cosas que uno se entera hasta durmiendo!

En medio de una de mis apacibles tardes dominicales frente a la ardiente chimenea, revisaba lo morbosa que es la humanidad destapando escándalos estratégicamente posicionados en tiempo y espacio con el único propósito de satisfacer el interés del pez más grande y permitirle tragarse al más pequeño.

Decidí darles tregua a mis sentimientos tratando de ignorar el escándalo en el que se encuentran las infantas de la marina de guerra de los EE.UU. en plena Semana de la Mujer. Trataba de calmar mi tristeza una vez más convenciendo mis entrañas de que estuve en lo cierto cuando catalogué la Semana de la Mujer de una gran hipocresía. Aborrecí tener la razón. Hubiese querido seguir mi tarde en Paz.

No me complacía haber acertado cuando dibujé la hipocresía de nuestros más fieles promotores. Los mismos que con bombos y platillos celebraban el Día de la Mujer se hacían los indignados porque la marina no estaba indignada. La verdad del caso era que la propaganda solapada de indignación les seguía ganando audiencia a los noticieros mientras los periodistas seguían cobrando notoriedad y avanzando sus propias causas individuales.

Distraía mi propia indignación interna mientras enfocaba mi entendimiento hacia un entremés que revisaba el bombazo que hace años empañó la meta del Maratón de Boston. El entremés era de lo más simpático, aunque no perseguía otra cosa que animar al público televidente a comprar boletos para ir a ver la obra de teatro inspirada en el ataque.

Parecía interesante, pero ni los gritos de los sobrevivientes hechos actores y actrices a lo loco para la puesta en escena de estos días lograban apaciguar la turbulencia que en mi sangre fluía pensando en las infantas de marina que han estado ocupando los titulares por el escándalo de sus cuerpos desnudos a través de las redes sociales. Como ven, la igualdad vuelve a ser una ilusión.

Caí en un sueño profundo, de esos que te dejan inconsciente, y no sé cuánto tiempo duró mi fugaz inconsciencia. Desperté con el timbre del teléfono retumbando desde la otra habitación. Me levanté del sofá y respondí al llamado de la Cacica, quien en menos de 15 minutos me contó infinidad de episodios, chistes, infidelidades ajenas y una que otra tragicomedia vecinal.

Notó que mi conversación era aletargada y cuando me preguntó si me había despertado, le respondí que sí, pero que no importaba porque no era hora de dormir. Después de todo, no hay que andar desperdiciando las escasas horas de luz solar que me tocan en este recóndito monte norteño.

Ya despierta, y a carcajada limpia en ambos lados del hilo telefónico, intercambiamos anécdotas más de allá para acá que de aquí para allá, compartiendo infinidad de secretillos.

Luché y logré ganar la batalla, puesto que ciertas cosas es mejor no mencionarlas, ni mucho menos compartir aquello que aún está bajo la lupa del que investiga.

Una vez cerramos la conversación dominical, regresé a aquellos malditos recuerdos que me persiguen y me atrapan como si me encontrase en un laberinto sin salida. Son mis recuerdos de aquel mismo infernal lugar en el que uno de mis colegas le entró a patadas a un archivo lateral de madera fina, haciéndolo añicos en el acto. Con la furia que le invadió su propia falta de inteligencia emocional, vi atónita de la impresión cómo quien se supone sea ejemplo se revolvía en el fango de la rusticidad, que lo atrapaba en sus instintos cavernícolas. Debió haber descendido de los caníbales indios caribes.

Descargó su furia frente a mí con abandono, sin darse cuenta de que yo atestiguaba cómo hacía trizas el pobre archivo que no podía defenderse del ataque. Al percatarse de que había yo presenciado callada su más reciente insolencia, me contó a modo de justificación cuál había sido el subordinado que había provocado en él aquella reacción.

En aquel momento le aconsejé tranquilamente: "Dile NO a la violencia en el lugar de trabajo". Sonrió derrotado y más bien se desplomó en una banca a contarme con lujo de detalles cómo hacía meses venía perdiendo la paciencia a plazos cómodos con quien él se encargó de etiquetarlo "este idiota".

Logré tranquilizarlo —o al menos eso quise creer— cuando le conté cómo años antes había yo establecido el límite con un troglodita que quiso gritarme. En aquel su primer intento vociferante, le respondí en voz casi inaudible que se regresara a su oficina, recobrara su compostura y que cuando estuviera listo a hablarme como una persona decente, con gusto lo atendería.

Cuando el límite se establece inteligentemente, no hay espacio para perder la paciencia felina y aplastar el ratón. El tipo dio media vuelta, se fue a su oficina y al cabo de un rato regresó a contarme sus penas, que ni conmigo tenían que ver. La psiquis humana es misteriosa y a veces hasta traicionera. Y en un lugar donde abundan las armas de fuego, la violencia no es chiste.

Estos incidentes de violencia no logran captar la noticia porque no son las desiguales quienes protagonizan estos escándalos. Somos pocas y debe ser que portamos un cerebro más adelantado, porque razonamos antes de comenzar a entrarle a patadas a lo primero que encontremos. También estamos conscientes de que lo que rompamos, tendremos que pagarlo; cosa que no estoy del todo segura sea el caso de los gorilas machos.

Total, que la destrucción de aquel mueble de mis recuerdos, por caro que fuese, no alcanza el precio moral de la cachetada que otro colega se ganó años más tarde de manos del jerarca de turno.

Entre lesbianas

Me he leído el libro *El mundo oculto* casi hasta aprendérmelo de memoria y ha sido una bendición que ande ensimismada entre las páginas de millones de problemas con los que ninguna de nosotras se haya tenido que enfrentar.

Cuando ya había superado la tristeza de terminar esa lectura, me entregué a leer *Kabul Beauty School*. Una vez más, doy gracias al Cielo por mantenerme en este régimen democrático que tanto nos malcría.

A mí, la realidad es que me apena que estén celebrando el día, la semana o el mes de la mujer tan hipócritamente. Depende de dónde te encuentres, a las lesbianas se les llama cachaperas, patas, buchas, machas, marimachas o tortilleras. Quisiera saber dónde están los políticos de moda de esta nuestra democracia cuando esos epítetos se proliferan entre nosotros.

De hecho, estas protestas de lloronas marchando con sombrero tipo vagina lo que me dan es pena ajena. Soy de las que no celebro el Día de la Mujer porque reconozco que no somos iguales, lo acepto, lo valido y lo agradezco. No quiero ser igual; me encanta y me apasiona ser diferente. No hubiese sabido qué hacer con la pieza adicional de haberme tocado cargar con ella.

Pues bien, crecí entre lesbianas y no necesariamente en el sentido literal; pero así fue. Nos aceptábamos, nos queríamos, nos tolerábamos y sobre todo, nos respetábamos. Fuera de preferencia sexual alguna, éramos la definición misma de tal descripción. Éramos fuertes, fajonas, independientes y de armas ya tomadas.

Si no me creen, fíjense en la de chicas talentosas, libres, independientes, profesionales y exitosas egresadas del ya desaparecido Colegio Santa Rosa de Lima de Niñas de donde yo misma me gradué, aunque no me acuerde de aquellos cuatro años que luchan por resurgir en mi memoria entre aventuras, realidades y juegos de briscas por aquellos recónditos pasillos apestosos a humedad. Allí conocí a mis Hermanas del Perpetuo Desorden, esas que la Vida me regaló. Vivo orgullosa de ellas y sus hijos son mis sobrinos, esos ciudadanos de respeto que han educado, de quienes también vivo orgullosa. Cada cual persiguió la felicidad a su forma, y aún hoy día nos amamos en ese amor puro que perdura a través del tiempo.

Decidí distraer mis interrogantes mirando —sin ver— un documental de esos que te presentan argumentos irrefutables basados en data numérica. Sin darme cuenta de que se trataba de enaltecer una sociedad marital igualitaria entre Bill y Melinda Gates, me desconecté de mi realidad momentánea y me dejé absorber por el recuento del documental.

Solo me fijaba en aquella chica que, al igual que nosotras, se graduó de un colegio católico de niñas y, pese a que el vaticano la rechazó por esta dirigir una fundación caritativa que distribuye contraceptivos a quienes más los necesitan, ella pudo ver más allá de los dogmas aprendidos ciegamente. Eventualmente, logró convencerse y difundir sus ideas irónicamente respaldadas por un argumento católico que quedaba sin base frente a la realidad de que la Iglesia Católica no podía desasociarse de su misión social.

Allí fue que la data numérica entró a protagonizar el argumento ganador. No se le puede dar la espalda a la realidad de 225 millones de damas en necesidad de contraceptivos. En honor a la apariencia, los Gates no son tan lindos como los Obama, pero su misión social ha donado 40 billones de dólares en obras de caridad apoyando exclusivamente causas femeninas.

Así que eso de que los Gates viven en una relación equitativa es solo una foto de promoción. Evidentemente, es Melinda la que lleva los pantalones.

La ronda preventiva

En ciertos lugares la equidad tiene que hacerse valer, aunque no seamos iguales.

Resulta que en mi chamba, un chico del tamaño de un oso con barriga de ballena no logra esconder su panza bajo la camisa. La primera vez que lo vi, a pesar de que me habían puesto sobre aviso, quedé muda de la impresión.

Hablé con su superior y me comentó que no encontraba cómo llamarle la atención, porque el doblez de la barriga le llegaba casi hasta las rodillas. Aunque yo no me considero asesora de imagen, no me quedó de otra que ir en persona y ofrecerle mi asesoría sin solicitud.

Y aquí sí que hice valer mi igualdad y recato en el lugar de trabajo.

Fui de lo más risueña y le pregunté: "Oye, ¿crees que pueda yo presentarme a chambear con una blusita corta que revele mi vientre?".

Ni corto ni perezoso, me respondió: "Por supuesto que no". Ya ahí cayó en la trampa.

Con mi más dramática mirada gladiadora, le espeté: "Si yo no puedo presentarme a chambear con la barriga al aire, tú tampoco".

Tener la razón o vivir en paz

Luego de un fin de semana de viaje que quisiera borrar de mi libro de aventuras, con estas patas de pollo arisco que se han de haber apuntado infinitas millas, me he dedicado a desempacar y a alistarme para una semana laboral agitada antes de que anochezca, cosa de poder disfrutar la transmisión de alfombra roja previa a los premios de la Academia de Artes y Ciencias Cinematográficas. Las películas no me importan mucho, aunque confieso que soy esclava de la moda nuestra de cada día.

Cada vez que me ausento de este monte, aunque sea por un día, al regresar me doy cuenta de que mi amor por este lugar se va haciendo profundo y fuerte. Cada día los estorbos me molestan menos y mis hábiles raíces viajeras van profundizándose, a pesar de las minúsculas piedrecillas que habitan bajo la superficie del terreno montesino que me alberga hoy día mientras espero la llegada del próximo carromato gitano, que sé no ha de tardar.

Luego de compartir con un grupo de mis más consentidos camaradas castrenses, esos que gritan a todo pulmón y que te cambian en varias semanas desde tus mañas hasta tu ropa civil por el prístino uniforme, me llegó mi minuto de fama. Llegué a tiempo, aunque de incógnito, y disfruté un puyero.

A mi llegada, los celebrantes —en uniforme de gala, aunque sin el sombrero intimidante— no sabían a simple vista que había sido yo su compañera de uniforme. Nunca lo hubiesen adivinado por las fachas de diseñador con las que me dio la gana de presentarme en su pomposa gala anual. Y mucho menos imaginaron que fue uno de mis sueños inalcanzados ser *una de ellos*[58], pues resulta que mi oportunidad de comisionar se le interpuso a mi solicitud para ser considerada a ser instructora de adoctrinamiento militar.

Así la vida transcurrió, y de aquellos griteríos de adoctrinamiento militar en mi mente solo queda el recuerdo.

Fue divertido e impresionante estar fuera del radar entre cientos de esos educadores sin yo revelarles esos años militares que forman parte indeleble de mi identidad.

Ya de regreso al monte, venía pensando en aquel primer incidente con el instructor militar a cargo de mi *flight*[59], quien sin duda fue determinante en mi formación profesional.

Sola conmigo misma, y ya de regreso entre vuelo y vuelo, recordaba yo el griterío que aquel instructor militar me formó cuando yo no lograba dominar el candado de mi gaveta personal. Resulta que en los primeros días de tortura militar aún la destreza no me alcanzaba para desatascar la llave del candado. Era uno de esos candados que no suelta la llave mientras que no esté cerrado, y aquel maldito candado abierto se había tragado mi llave.

Para complicar aun más el martirio, la gaveta personal estaba junto al suelo y yo me encontraba arrodillada con la llave colgando del collar de pulgas alrededor de mi cuello, cuya función en aquel instante no era otra que no fuese burlarse de mí. No lograba yo levantarme del suelo, puesto que el mismo collar que

---

[58] Adaptándome a la rutina laboral de mi entorno totalmente masculino manteniendo mi femineidad
[59] Equivalente a un batallón en la armada

sujetaba la llave y las *dog-tags*[60] conspiraba con la gravedad halándome con recia fuerza cada vez que trataba de enderezarme y colocarme en posición de "atención" antes de poder responderle a mi sargento las preguntas que a todo volumen vociferaba con rabia.

Luego de un minuto que me pareció una eternidad, el instructor me preguntó a grito limpio que si sufría yo de muerte cerebral. Sin inmutarme, le respondí inmediatamente con mucho respeto y con la firmeza que hasta hoy me caracteriza: "Señor, sí señor".

El tipo se quedó atónito. De la impresión que se llevó, no me volvió a abordar durante las seis semanas restantes de aquel suplicio que me regaló el privilegio de vestir aquel anhelado uniforme azul.

En medio de esos recuerdos me encontraba cuando entré a una de las tiendas del aeropuerto, de esas que venden revistas, bebidas y golosinas. Estaba muerta de sed y me acerqué a la cajera a pagar una botella de agua, que de por sí ya era cara. La señora, que a todas luces era hostil por ser extranjera, me pidió que donara no sé cuánto para los soldados americanos de no sé dónde y para no sé qué. Con la firmeza de siempre, le respondí: "No, gracias".

La hostil extranjera, que era ya la segunda que trataba de amargar mi día, me cuestionaba indignada las razones de mi negativa a donarle a los soldados americanos lejos de casa, exigiendo explicaciones que yo no le debía ni le debo a ella ni a nadie. Al fin y al cabo, ¿no son los donativos estrictamente voluntarios?

Ya la gala había terminado y no tenía por qué seguirme haciendo la civil en columna de diseñador —que venía acomodadita en la maleta— por lo que le

---

[60] Collar que llevan los militares con su información personal

despepité a bocajarro: "Mire mi amiga, yo ya le doné a los soldados americanos lo que le iba a donar cuando le entregué mi vida a la milicia. Así que cóbreme el agua y nadie sale herido".

Bajó la mirada y me pidió excusas diciendo: "Perdóneme por haberla juzgado, no parece usted militar. Quedé impresionada con sus ojos felinos y con su mirada penetrante. Estamos obligados a exigir donativos de los clientes para que los soldados llamen a casa". Reflexioné en silencio que yo siempre tuve que pagar de mi escaso dinero de aquellos días para llamar a casa.

Estaba yo exhausta y no quise intentar educarla porque ya bien lo dijo mi Cacique: "Al bruto hay que dejarlo bruto". Total, ¿quería yo tener la razón o quería yo seguir mi día en paz? Esa era la pregunta.

Siempre aparece

No crean que no pienso a diario que maté mi matrimonio con mis pantalones y mi estilo de vida. Y no dejo de dar gracias al Universo por la vida que me ha tocado vivir. Dios, mis caciques, mis cachorros, mi Tribu, mis Hermanas del Perpetuo Desorden, mis socias de la AMD[61], mi familia extendida de la hermandad salsera, en fin; mis compañeros de venturas y desventuras.

De niña siempre me pregunté qué era lo que mi Cacique quería decir cada vez que decía que tenía la mente bota. Pues bien, finalmente he logrado entender el significado de tan simple frase que no hubo explicación previa que me hiciera comprenderla. Hoy me parece tan evidente.

Esta semana de tormentas invernales y preparativos para San Valentín me he trasladado dentro de esa neblina en la que te apresa la rutina, yendo como zombi de aquí hasta allá y de allá hasta acá, sin detenerme a notar el sentido de las acciones robóticas que me llevan y me traen. No exagero si aseguro que no recuerdo haber recorrido el camino obligatorio para llegar al destino en el que como por arte de magia he aterrizado.

En ese estado catatónico desperté aquella mañana de semana, pudo haber sido miércoles o jueves. Tal es la nube que me distrae, que ni eso puedo con certeza recordar. Al mirar por la ventana hacia el estacionamiento no pude distinguir mi pobre Palomo.

---

[61] Asociación de Madres Descarriladas, que orgullosamente presido

Los que me conocen saben que mis ruedas siempre llevan nombre propio, complemento de su "personalidad". Pues el todo terreno que manejo en estos días es un todo terreno Jeep® Renegado blanco, de esos que llevan una gruesa franja negra sobre la cubierta del cofre. El Palomo me lleva volando y en paz a todos mis destinos, que no han sido pocos.

Pues bien, mis ruedas siempre me juegan bromas cuales espíritus chocarreros; aunque esa mañana estaba segura de que la cosa era seria. Me tranquilicé muy a pesar del pronóstico y me dispuse a seguir la rutina mañanera al pie de la letra. Al cabo de media hora estaba ya lista para el martirio de vestirme de guanime[62] y envolver estas cien libras de puro hueso con lanas que en algo evitan se me congele el corazón más de lo que muchos juran sea posible.

Cuando me presenté a donde estaba segura había dejado a mi fiel Palomo, comprendí la seriedad de la broma que me jugaba el divertido Renegado. Tuve que acercarme para darme cuenta de que estaba donde mismo lo había dejado, pero jugando al escondite bajo una pesada montaña de nieve. No lo veía del cuarto nivel del edificio, puesto que los detalles negros y rojos de la carrocería estaban bajo nieve, por lo que de lejos era imposible ver blanco sobre blanco.

Mis hábitos castrenses aún me rescatan a diario. Sin embargo, el equipo de rescate y demás herramientas que colecciono estaban dentro del Palomo. Me quiso dar rabia, pero ni ánimo de encojonarme tenía. Así que con mi santa calma subí al departamento a buscar la pala y la escoba de bruja caribeña para comenzar a desenterrar al Palomo.

---

[62] Tamal

Como sabía que me iba a tomar un buen rato, decidí desenvolverme y sentarme a desayunar antes de ir a enfrentarme con la tarea física que sabía me esperaba. Ya con el estómago feliz y el ánimo espabilado con el café que a diario me despierta, me encaminé nuevamente hacia el espacio donde estaba el Palomo escondido. Esta vez iba preparada, bien envuelta con lanas térmicas adicionales, además de ir con pala y escoba en mano.

Por poco y me meo de la emoción al ver que el Palomo me sonreía, liberado de la montaña de nieve que minutos antes lo cubría. Entré al edificio nuevamente, pero esta vez lo hice por el vestíbulo. El ingeniero a cargo de los chicos del mantenimiento estaba tras el mostrador escuchándome explicarle mi milagro mañanero.

Él me sonrió mientras me dijo: "Gracias por las galletas de jengibre del otro día. Por fin te pudimos devolver el cariño."

Jamaiquina

Nada como llevar tus costumbres contigo dondequiera que vayas. Aun estando en el culo del mundo, lejos de la Patria y atrapada en este frío invernal, que es la viva estampa de la falta de calor humano en la forma de ser de los habitantes de estos lares, no abandono mi megáfono habitual.

Ya mi equipo gerencial sabe que sus lujosas jaulas cubiculares no detienen mi instinto de activar el altavoz boricua que traje de fábrica y dar los anuncios a todo pulmón parada frente a la puerta. Si no fuera por esas ocurrencias, el cementerio fuera más entretenido que este salón laboral gringo.

Para más decir, debo confirmar que la fiesta de Navidad invariablemente es desabrida y sin cojones, sin coquito, sin güiro ni maracas, ni mucho menos el tan entrañable cuatro puertorriqueño[63].

Pensando en la falta que me hacía otro boricua para montar la conspiración y alegrar la fiesta, me parecía escuchar a mi Tío Pedro entonar el jolgorio con su inolvidable acordeón tras su eterna y desdentada sonrisa. Pasé la tarde en compañía del recuerdo de mi adorado Titi[64], y al cerrar la noche me dispuse a regresar a la morada, como muy bien le llamaba el Tío Sabá.

En fin, que iba ensimismada en la nostalgia de mis recuerdos, cuando tuve que solicitar la compañía de la Cacica por vía del hilo telefónico, ya que en medio de la oscuridad y mientras manejaba entre las fuertes ventiscas polares, hubiese jurado que tiraban cubetas de nieve sobre el parabrisas.

---

[63] Instrumento de cuerdas, insignia de la música tradicional puertorriqueña
[64] De pequeña llamaba Titi a mi Tío Pedro

Solo el milagro del día explica que haya yo logrado llegar sana y salva a mi destino. Ya una vez en el edificio residencial y vistiendo la timidez que me caracteriza, me incluí en un flamante evento para celebrar el fin de curso a unas clases de pintura. Ni había participado en las clases de pintura ni había sido invitada al evento.

Pasó que el grupo andaba incompleto a causa del mal tiempo que mantuvo a algunos de los participantes varados en el trayecto. Fue allí que la gerente del edificio me vio llegando perdidamente sola al vestíbulo camino a mi cuevilla y me ofreció ocupar uno de los asientos vacantes por una pequeña suma de cuarenta dólares para donarse a la Sociedad Americana Contra el Cáncer.

Yo, de cualquier manera, no tenía nada mejor que hacer, así que accedí a incorporarme a aquel grupo desabrido, aunque conocidos entre sí. Nuevamente era yo la nueva. Total, que debieron pagarme a mí por entretenerlos, puesto que era el típico junte gringo que más vale y fuera viacrucis de Cuaresma.

Me senté ante el lienzo a pintar la puerta de una granja según la muestra de la Profe, quien había ya entrado en el calor de la explicación.

Escogí un tono rojo quemado más bien porque fue la mezcla de colores que la inexperiencia me sacó. A pesar de mi novatada, trabajé todos los detalles según el modelo, excepto el detalle invernal; toda vez que bajo protesta insistí en localizar mi imaginación en ese trópico que tanto extraño.

Sin embargo, no pude pedirle a la profe —quien insistía en corregir mi falta— que entendiera que en

Puerto Rico no cae nieve, luego de haber visto las ridiculeces de Plaza las Américas[65].

Fue allí cuando me escuché diciéndole: "Mire, mi puerta no lleva nieve porque la granja de mi inspiración está en Jamaica; y que sepa yo, en Jamaica no cae nieve. Así que ese detalle de la nieve mi puerta no lo necesita".

La pobre quedó sin habla mientras mis compañeros de clase de pintura me rogaban que no dejara de asistir a la próxima clase, mientras reían de buena gana. Creo que piensan que soy jamaiquina.

---

[65] Centro comercial de Puerto Rico

¡Eureka!

Qué mucho me divierte cuando la gente entiende que hacerse de una pareja es sinónimo de "encontrar la felicidad", como si la felicidad fuera un objeto perdido y hubiese que pedirle a San Antonio que asista en la búsqueda del mismo.

Pues bien, aclaro que no es lo mismo colocar a San Antonio de cabeza y pedirle de asignación encontrar un marido, que pedirle ayuda en la búsqueda de un objeto perdido.

Juro que encontré mi felicidad cuando recobré mi libertad luego de un cautiverio bastante insólito. Descubrí que la felicidad está presente en el fuego interno de cada cual y cuando aparece un ente externo hay que estar dispuesto a compartir esa felicidad a la mitad. De otro modo, esa felicidad le pertenece al individuo solteramente completo, quien la disfruta a sus anchas y en su totalidad.

Yo, por mí... si llueve que escampe. Y con mi felicidad que nadie cuente, porque después del trabajo que he pasado para volver a localizarla con la ayuda de San Antonio, es toda mía.

Obsesión con las escobas

Confieso que detesto todas las estaciones que no me permiten vestir con mis patas de pollo arisco al aire. Tendrán que perdonarme esa los que sufren de calor, pero prefiero andar sudada que con mil trapos cubriéndome los huesos de una pulmonía a destiempo.

Ayer se zafó una tormenta invernal de esas que encantan a cuanto pendejo anda por ahí esperando que los cerros se vistan de blanco para tirarse por la pendiente, no sin antes ir a comprarse unas cuantas libras de guata y arroparse bien antes de montarse en el cablecito que los lleva a la punta del cerro.

Total, que yo me tiraba en una yagua por la barranca que quedaba en el patio trasero de la casa de aquellas adoradas hermanas gemelas de mi primera infancia sin necesidad de vestirme de guanime. Aquella yagua me recibía en mis chancletas mete-deo marca *Playero*® y mis *hot pants* tipo *Anacaona*[66].

Y que nadie me venga con la gran e innovadora idea de reusar o reciclar la ropa, porque en eso mi Cacica era experta. Mis *hot pants* usualmente eran residuo de algún pantalón de mezclilla al que le hube yo llevado los cantos en las rodillas en uno de mis frecuentes aterrizajes de emergencia contra el tibio pavimento caribeño. Así es, esto de visitar el pavimento no es cosa nueva en mí. La Cacica trataba de alargarle la vida a mis pantalones y con gran inventiva los disfrazaba de parchos que cambiaba cada vez que llegaba yo con la huella de algún accidente nuevo.

---

[66] La protagonista de la telenovela *Anacaona*, que en la década del 70 vestía los pantaloncitos más cortos que haya podido ver en mi vida

Eventualmente crecí, aunque con gran calma, y según mis ruedos se iban alejando del piso y cuando los pantalones iban quedándome pesqueros[67], mi diseñadora de modas "de cabecera" me sorprendía con *hot pants* tipo *Anacaona*. Ya que les conté el origen de mis *hot pants,* juzgue usted si ha de ser esa la razón por la que tanto me encanta ir con mis patas flacas —de pollo arisco— al aire libre.

Un dominguito solitario y en paz se pasó a todo dar. Sin embargo, el lunes en la mañana la realidad me dio una cachetada, pero de las heladas.

Hacía días les había dicho a mis compas que me iba a mudar a otro lugar donde hubiese estacionamiento bajo techo y con calefacción. Y es que, aunque he vivido en lugares más fríos, este como que es el más inhóspito por aquello de respetar el ambiente y las "comemierderías" ecológicas. Mire, a fin de cuentas, aquí se le congela hasta el alma a estos pendejos por sus historias ambientales. O será que ese cuento de camino es la excusa por no aceptar que andan como el cangrejo, caminando de lado por estar dándole a cuanta yerba encuentran.

Pues hay que respetar el ambiente siempre y cuando que la comodidad no se sacrifique. Tampoco hay que arriesgar la vida y morir de pulmonía, digo yo.

Sin insultar a nadie ni mucho menos llamarles brutos o bestias, pero caramba, a veces me pregunto cómo se toman estas decisiones que a simple vista pareciesen haber sido tomadas a la ligera, o simplemente perdieron las semillas de la maraca...

Pues bien, levantarse a barrer la nieve del todo terrero con una brochita que parece puro adorno está

---

[67] Brinca-charcos

bien *hippie* en este país donde tanto liberal se tomó el día libre de la escuela o del trabajo para largarse a la calle a turbear[68] al día siguiente de las elecciones generales.

Por allí iba mi mente, analizando el problema de la mañana, cuando de regreso a la realidad me di cuenta de que estos asuntos no se aprenden en la escuela, no sin antes darme cuenta de que la escuela estaba cerrada otra vez por la nieve. Y que conste para el récord que no estoy criticando; solo observo, como de costumbre.

En el trópico, aquella chocita que me espera tiene estacionamiento bajo techo y la calefacción no requiere corriente eléctrica. El Océano Atlántico y el Mar Caribe se encargan de soplar brisas calientitas. En el edificio de apartamentos donde vivía en Virginia hasta que me llegó el destierro hacia Nueva Inglaterra también contaba con estacionamiento bajo techo. Sin embargo, aquí que la nieve es tan frecuente y voluminosa, como que no me cabe en la mente que la comodidad gringa no se haya impuesto.

En ese mero instante comprendí que debía ir al mercado a adquirir una escoba; es más, un escobillón de los que utilizaban mis abuelos para barrer el batey hubiese sido de gran utilidad esa mañana cuando encontré mi todo terreno tan cubierto de nieve que ni las puertas le lograba identificar.

Fue allí cuando mandé al carajo el asunto ecológico porque yo debía permanecer viva y sana, que no debía yo adquirir una pulmonía en el mejor interés del bienestar ambiental. Como pude, abrí la puerta del Jeep® y encendí el motor. También le di gas al calentador.

---

[68] Interferir con la rutina cotidiana

131

Allí, en el estacionamiento descampado, dejé el Jeep® encendido y sin seguro. Mientras imaginaba la calefacción haciéndome el interior del vehículo menos ártico, y rezando para que el hielo de los vidrios se suavizara, me devolví a mi apartamento a desayunar y a hacer par de cosillas.

Al buen rato, cuando regresé al otro extremo del complejo de viviendas donde se encontraba mi vehículo abandonado aunque encendido, logré sacudir la nieve que se rendía ante el calor infernal que despedía la recia máquina vehicular, no sin antes admitir que con gran gusto hubiese yo dado lo que no tenía por tener una escoba a la mano como toda bruja caribeña.

La moda nuestra de cada día

Mi obsesión por los zapatos y la moda nació durante aquella boda en la que fui la florista más descombinada de la historia universal. Mi círculo más cercano ha de haber oído mi lamento cuando visito el recuerdo de aquella boda varias veces.

Con solo 4 años de edad cronológica, pero con la madurez *fashionista* que me llegó por ser la nieta de una prolífica diseñadora de modas e hija de la madre de las modistas de tiempos contemporáneos, dueña de esa creatividad infinita de la que te viste el amor, no ha de sorprender que mi primer amor fuera el amor por la moda, aunque la exprese de manera bohemia y relajada.

¡Ay, mi Cacica! Juro que me vestía más veces de las que yo le cambiaba la ropa a mis muñecas de cartón, mismas que traían combinaciones ilimitadas de coloridos ajuares hechos de papel. Yo, que invertía infinidad de horas recortando con exactitud aquellas vestimentas coloridas para luego crear un sinfín de combinaciones, no me explico cómo la Cacica contaba con el tiempo de fabricar tantos trapos —pero de los finos, exactos e impecables.

Imagino que debí haber hastiado a mis muñecas de cartón de tanto cambiarles de ropa. No se me ocurrió que tuviesen sentimientos puesto que eran inanimadas. Hoy, de adulta, comprendo que las hastiaba con frecuencia y que de ahí me gané el karma de que me estuviesen midiendo ropa constantemente.

Aún me altera el mero recuerdo de las interminables sesiones de tortura a las que me sometía la Cacica cuando se empeñaba en medirme innumerables piezas de ropa que ella misma me hacía a la medida;

todo en un marco de gran precisión donde desbordaba el amor que siempre ha depositado en los suyos.

Todavía conservo en vivo y a todo color el archivo mental de aquella imagen lánguida de mí misma, con mi escasa edad todavía delicada y llevando un hermoso peinado que tomó horas hacer. Mantener aquella larga maranta bajo control no era fácil, pero eso es otro tema.

Para aquella boda vestía un modelo largo color verde lima con estampados rosa y amarillo, sobre unos soberbios zapatacones de trompas corte Dansko® que se asomaban sin invitación bajo el hermoso vestido tipo columna. Los zapatos trompudos tipo *checker* alternaban de manera escandalosa y desfachatada cuatro cuadros, dos rojos y dos blancos.

Debo insistir que el traje era hermoso y hecho a la medida como todos los demás y que, aunque los zapatos no le iban al traje, eran bellos; además de ser muy especiales por ser un regalo de mi querida Doña Gloria —aquella eterna vecina que es la primera imagen del vecindario de mi niñez, cuyo recuerdo atesoro intacto en mi memoria.

Ya lista para ir a la ceremonia, iba yo de lo más enfunchada porque los zapatos no me combinaban. Y no exagero cuando digo que me pisaba la trompa por lo contrariada que iba, consciente del crimen de moda que cometía en aquel momento. Eso sin contar que no se me ocurrió en aquel momento que aquel crimen perduraría hasta la posteridad en el álbum de bodas de aquellos flamantes novios.

Aún mantengo entre la inevitable neblina de los recuerdos —que compiten con el tiempo por no desvanecerse— unas fotos en las que me veo regia, con los rizos hacia un lado, a pesar de los soberbios cuadros rojos y blancos de aquellos zapatos asomados con desfachatez bajo el vestido verde, además de la trompa de aquella niña flacucha que muestra con claridad el origen de los genes del Trompas.

Gracias a Dios que el huracán Hugo terminó con la evidencia de aquel crimen de moda del que aún no me repongo. Lamento que la desaparición de la evidencia dejase sin vivienda a Tío Pedro y a Titi Ani; aunque con gran orgullo debo añadir que de ese daño colateral se repusieron, como de tantas otras tragedias.

Recientemente, un sábado cualquiera estuve majadereando a mis compañeros de aventuras en mi nueva chamba, presta a visitar un lugar interesantísimo —desde mi punto de vista— en el edificio de la fábrica de zapatos Dansko® que tanto adoro... con un letrero que leía *"Bargain Basement"*. No me tomó mucho convencer a mis compañeros de aventuras para que me acompañasen, puesto que iba yo al volante.

Tan pronto entré al edificio, derechita que me orienté a localizar la escalera hacia el sótano. En par de minutos estaba ya examinando el tan esperado rincón de las gangas. Me enamoré de dos modelitos, uno de plataforma y uno de cordones que me hacen recordar mis años entre las monjas. Ambos modelos traían etiqueta verde ($10), lo que me pareció un gran hallazgo, y más que eran hechos en pura piel.

Con mis dos cajas de zapatos abrazadas, salí de la tienda y deposité el tesoro de mi visita al rincón de las gangas en la parte trasera del Jeep® Feliz —como le llamaba a mi modo de transporte de aquellos días. De ahí partimos a un viñedo y terminamos el fin de semana sin eventualidad.

Ese miércoles desperté algo cansada, con la pesadez del ombligo de la semana y mil pendientes que atender. Fui al gimnasio y aunque tenía tiempo, no desayuné por falta de apetito. Eso sí, mi gran taza de café americano con aspecto de agua sucia no me faltó.

Con mi habitual espíritu pachanguero, me alisté. Vestí unos kakis que heredé de Lizbeth y que llegaron a mis manos por vía del saco de la linda suerte, una blusita de seda —que se ha vuelto suave por la ancianidad— bajo un *sweater* de cachemira igual de viejito... y mis flamantes zapatos nuevos, los de plataforma de pura piel color hueso.

Cabe destacar que ese día alcé vuelo con tren de aterrizaje nuevo; y qué bien, porque me esperaba uno de esos aterrizajes de emergencia que evita terminemos en el más allá.

Esa mañana arrancamos en el Jeep® Feliz a la hora acostumbrada. Llegamos al estacionamiento de la oficina a la hora rutinaria. El sonriente tipo de la basura detenía la puerta para que entráramos al lujoso edificio. Todo iba bien hasta que pisé una de esas canijas piedritas que existen solo para joder. El descenso sucedió tan rápido, que ni tiempo tuve a darme cuenta de que iba de viaje a visitar el cemento... otra vez.

El pobre Scott trató infructuosamente de detener mi estrelle. Creo que estuvo utilizando ungüento para el dolor muscular el resto de la semana. Jody, que iba ensimismada en nuestra conversación, no se dio cuenta de mi caída hasta que tuvo que voltear, y al no verme, descendió su mirada para encontrarse con mi cuerpo derramado sobre la banqueta y la misión obligada de recogerme a mí y a mis pertenencias de donde era evidente quería yo hacer casa.

Ambos rostros perdieron el color al verme tirada en el piso. A pesar de la aparatosa caída, caí con gracia y quedé casi intacta. El pelo que iba recogido no se me cayó del moño; la cartera que iba abierta no tiró nada;

las gafas de sol tipo Marilyn Monroe no abandonaron mi rostro. No exagero cuando juro que el vaso de café que llevaba no se me derramó. En fin, que fuera del vidrio de mi reloj Hello Kitty®, no hubo grandes pérdidas.

El Cacique no se hubiese sorprendido, toda vez que él ya estaba acostumbrado a verme caer y rebotar.

Con incredulidad, Scott y Jody atestiguaron que no estaba sangrando como era de esperarse ante tan aparatoso accidente. Los ojos atónitos de Chester —el de la basura— indicaban que estaba paralizado sin saber qué hacer. Lo traje a la realidad cuando bramé como becerra herida, todavía tirada en el suelo mirando a mis tres testigos, vociferando lo único que se me ocurrió preguntar a grito limpio: "¿Alguien por favor me puede decir si mis zapatos nuevos están intactos?".

Adoptada en una nueva patria

A veces nos hacen preguntas que no esperamos y respondemos "a lo loco". En esas circunstancias, cuando respondes de sopetón y sin pensar, las realidades te golpean y te regresan al tiempo y espacio que te corresponden.

Llegué a este lugar como cualquier ave tropical sintiendo que se me congelaba el pellejo bajo las plumas en pleno mes de julio. El viejo cojo vestido de uniforme de guardia de seguridad orgulloso de su flamante placa dorada, tan brillosa como toda prenda de fantasía, me mostró su mejor sonrisa al tiempo que me solicitaba mi tarjeta de identificación. Le estreché la mano y cuando escuchó mi nombre me dijo que ya había escuchado de mi llegada la semana anterior.

Pues bien, como el tipo estaba hambriento de plática, me sometí a una tortuosa conversación vacía que duró unos diez minutos que a mí me parecieron diez días a la intemperie sintiendo la brisa colándoseme hasta los huesos.

Durante aquella conversación vacía, el policía de fantasía —tal y como un viejo amigo árabe que se hacía llamar Pancho les llamaba a los guardias de seguridad— me preguntó con curiosidad que de dónde era. De golpe y porrazo le respondí: "Vengo de Washington D.C.". No me di cuenta de lo que decía sino hasta que escuché el sonido de mi propia voz.

Imagino que el año que llevo lejos de la Patria ha de haberme borrado las trastadas, adormeciéndome los rencores. No es para menos, en esa capital que me recibió con los brazos abiertos me fue mejor que en aquel circo pretensioso que me torturaba.

Sin embargo, de allí también me fui; aunque hubiese querido quedarme. No sé si haya sido el cariño del recibimiento o la belleza del paisaje montañoso lo que me ha cautivado. Aunque debo confesar que el entrometimiento campestre de estos jíbaros norteños me está colmando la escasa paciencia con la que cuento. Ya veremos a ver en lo que para esto.

Ese sábado soleado aunque fresquito, me presentó con varios personajes curiosos aunque desconocidos. Aquí la gente no lleva la timidez en la ropa ni mucho menos el desentendimiento citadino rampante en la capital estadounidense.

A 364 días de haberme largado de la tierra que tanto amé, aterricé en este nuevo oasis. Y aunque lejos de donde llegué cuando crucé el charco el año pasado, celebré el aniversario de mi partida sorprendida al escucharme responder otra pregunta curiosa: "¿Que si extraño a Puerto Rico?".

Ahora sí que se me pusieron los huevos a peso. Pensé que era más fiel de lo que soy, porque sin pensar me volví a aventar con una muy cándida respuesta. Dije que *no* extraño a Puerto Rico. Por supuesto que extraño a mi familia, a mis amigos y a mis compañeros de Vida, pero eso no tiene que ver con las coordenadas. Si aquí los tuviese, no tuviese nostalgia. A la semana, ya la respuesta era otra y añoraba regresar a casa.

Ahora bien, manejando por una carretera desconocida, miré un centro comercial que me hizo transportarme y añorar uno de los peores centros comerciales en todo Estados Unidos: Landmark Mall. Aunque tan pronto descubrí que todavía existe la tienda de libros Barnes & Noble y la tienda Pier One Imports se me pasó la nostalgia que me provocó el parecido del University Mall con el Landmark Mall.

Pensé que sería imposible destetarme del caos caribeño, pero evidentemente llegó el momento de mostrarme a mí misma que no hay nada que el tiempo no cure.

Cuando Julissa me regaló la cartucherita de tela de saco con grandes letras negras que leen "*Gypsy*", no se equivocó. Y es que cuando ya creía que había llegado a mi última Patria y me fui acomodando como quien se aprende una nueva rutina desbocada, me llegó una nueva travesura al tapete.

Como de costumbre, determiné que me echaría el carapacho al hombro y me aventaría con mi mejor cara a donde mi intrépido destino se antojaba. Aquí estaré con mi familia temporera en lo que llega el momento de recoger mi trapera y regresar donde están mis raíces...

Tengo programado volver a casa —a la misma isla caribeña que insisto en no extrañar— en un año, pero no porque haya perdonado la estupidez en medio de la que me fui. Regreso porque extraño a mi familia, añoro a los cachorros y necesito compartir con todos ustedes, mi familia permanente.

La coraza

Estos días en que me arropa la nostalgia no puedo menos que volver a pensar en la hipocresía de la humanidad, y no de manera negativa. En esta época en la que complacer a los demás viene a ser un reflejo involuntario, no me queda más que expresar mi admiración públicamente por aquellos que no dejan que los esquemas tradicionales le dominen la vista ni la razón.

Y haciendo honor al espíritu eliminatorio del certamen de Miss Universo, donde una vez más la hipocresía reinó, debo ir en orden hasta que corone mi favorita.

Sin embargo, antes de continuar, he de hacer un paréntesis para destacar que mi favorita fue a quien la sinceridad le cercenó toda posibilidad de ganar cuando expresó su apoyo hacia los cuerpos castrenses de su Patria. ¡Qué susto han de haberse llevado los jueces; cuya desacertada selección ha de haberse dado mientras Donald Trump andaba localizando algún peluquero que le permitiese seguir haciendo su habitual papelucho!

Corríjanme si me excedo, puesto que hoy me doy el lujo de retar a quien me pueda responder por qué si los certámenes de belleza gozan de tanta popularidad —y que conste que no lo dudo, puesto que me encanta hipnotizarme en la privacidad de mis aposentos frente a la pantalla chica en la noche del certamen anual— no han logrado influir en la política de los países que gozan de tal representación en tan mortal batalla.

Tras esas sonrisas, cuya inspiración ha de ser el emplaste de vaselina que impide que el labio superior selle ante los dientes delanteros, se esconden estrategias planificadas por las chicas y sus representantes, quienes aunque puede que tengan su cerebro encendido, en ocasiones la cavidad donde supondría ir la maquinaria ha sido suplida por algún misterioso material relacionado al algodón seco, listo para absorber y exprimir entre dientes emplastados de petrolato el primer disparate con que se encuentre.

No pretendo criticar el sistema ni pregonar que soy disidente, puesto que soy asidua a disfrutar este tipo de evento que arropa las masas. Me fascina ver el talento y la pasión de los grandes atletas profesionales, que compiten mientras aspiran millones que aterrizan en sus carteras a la vez que hacen una actividad de recaudación de fondos en las que su único donativo es la presencia de su mejor cara de promoción.

A mí, por ejemplo, siempre me llama la atención que siendo la Paz mundial el tema preferido —además del menos controversial— de cuanto evento social, benéfico y educativo del que se tenga conocimiento, el mundo trate de sobreponerse a la guerra eterna que parece no poder librar en total compostura. Y ni hablar de las iglesias que predican la Paz mientras mantienen a sus feligreses en conflictos interdenominacionales.

Y por supuesto que la primera mención se la lleva la nota en la que Gildred exhorta a sus amistades *facebookeras*[69] a que sientan la confianza de retirarle su amistad si la verdad de sus palabras plasmadas en el estatus dominical de la siempre Diva del Baile le infligían dolor al lector en cuestión.

Juro que lejos de toda hipocresía, he podido mantenerme a flote gracias a que la pasión de vivir, trabajar y servir dicta cada paso en este valle de alegría. Me acompaño a diario de esa misma pasión que rige a

---

[69] Amistades por vía cibernética, que como las viejas del visillo, espían de manera satelital a través de las redes sociales

144

los atletas olímpicos, quienes día a día entrenan sin el egoísmo de ser reconocidos y sin la arrogancia de alimentar el ojo de quienes quieren agradar, solo enalteciendo la confianza propia y la sangre de su corazón, que les mantiene los ojos cristalinos fijos ante ese norte que impide que su vista espiritual se oscurezca o se nuble. Esa pasión que no es otra cosa que la verdad que te libera, tal y como tantas veces me lo repitió el Cacique.

Sí, tal y como lo vociferó mi hermanita escorpiónica, la verdad es dolorosa y quizás me compre hoy tu rechazo, pero es esa verdad el mismo chaleco antibalas que me protege de tu falsedad y de tu desfachatada hipocresía. Es esa verdad la que a diario me libera de la maldad que me persigue pero que no me alcanza.

El silencio

Comienzo por aceptar que estoy molesta a pesar del cristianismo que absorbí durante mi educación temprana, mi crianza familiar que a diario reviso y muy a pesar del profesionalismo que mantengo a pesar de batallarme entre una manada de *Homo sapiens*. Me excuso con antelación si ofendo, puesto que estoy segura he de haberme contagiado por estar tan inmersa en este mundo carente de academia.

Un día cualquiera, que en algún calendario espiritual hubiese podido calificar de viernes 13 o de martes 13, según la creencia de cada cual, me pasaron un millón de cosas, aunque lo que detuvo mi atención fue aquel catastrófico evento, aunque de pasada pareciese rutinario; el mismo que terminó mi relación con quien fuese hasta ese instante mi más cercano hermano imaginario.

Les cuento que la semana había sido de los mil tropiezos, comenzando por un ignorante sin causa que suele ser el anticristo de turno en una de mis muchas vidas felinas y a quien no se le ocurrió nada más sabio que enviarme un insulto vía mensaje de texto que, por supuesto no respondí, mostrando una vez más de qué estoy hecha. Fuera de quitarme el sueño esa noche, no logró otra cosa que cerrar mi línea de producción, la que por más que yo trataba de volver a encender se apagó sin remedio, sumiéndose en una profunda compresión depresiva. Esa producción, que suele ser una de mis múltiples personalidades, tiene criterio y cerebro propio. Cuando decide abandonarme, es como bien decía mi bisabuela Cristina: "Adiós luz, que te apagaste".

Ya cuando la semana iba en picada, y dentro del adormecimiento que me iba anulando el alma, me atreví pedirle al Universo una señal que me indicara el camino hacia donde debía depositar la poca energía y confianza que me quedaban.

¿Y qué creen? Me encuentro en mi ruta diaria a quien hasta ayer amé como uno de los míos. Al verle, me embargó una burbujeante alegría que desde las entrañas me hizo querer saltar fuera de la cabina. Quise abrazarme a ese hermano de la Vida y solicitarle su apoyo incondicional de siempre. Sin embargo, y como en una pesadilla de esas que te despiertan de golpe y porrazo con el corazón desbocado, palpitaciones desenfrenadas y escalofriantes sudores, ese gran tipo me despidió con desdén, haciendo uso de ambas manos y su más odiosa mirada.

Entendí dentro de ese gran desorden universal, que allí estaba la señal que había pedido. Con lágrimas de frustración por no querer aceptar lo que era clara evidencia de lo que entendí había perdido, hice cuenta de mis pérdidas al tiempo que agradecía todavía poder contar con la Tribu de siempre y las barras de chocolate africano que ahogan mis escasas penas.

Me decía a mí misma: "Al menos tengo a mis dos hijos imaginarios, además de mis 40 hijos adoptivos, con quienes me reúno cada noche de esta vida semestral a compartirles un poquito de lo que he aprendido durante mis otras vidas gitanas".

Ya después del sofocón me sequé las lágrimas, me soplé los mocos y ya una vez llegué a la sala de clases me olvidé de todo mal. Después de todo, ¿no es eso lo que le pido a Dios constantemente? "...Y líbranos de todo mal... Amén".

Par de horas más tarde, me había olvidado del asunto porque así soy; del Cacique aprendí a no quejarme para poder componerme de volada.

Ya cuando cerraba la noche, me compuse una vez terminadas mis múltiples jornadas diarias. No había de otra. Increíblemente, llegando a mis aposentos me encontré con la sorpresa del año: una confusa Cacica mostrando su habitual sonrisa burlona y tirándome de chiste que pensó estar de fin de semana. Ese premio vitalicio llegó a mi choza entre semana por razones desconocidas; fuera de ruta, de día, y esperándome porque la Vida sabía que en esa precisa noche la necesitaba para acordarle a mi imperfecta memoria que no todo estaba perdido.

Una vez bajo las cobijas y tendida junto a mi mejor ejemplo, ya en el silencio del descanso agradecí al Universo que aun dentro de las pérdidas diarias son más las ganancias netas, porque como muy bien dice esa misma Cacica de siempre: "Al final, todo es nada".

No me dio la vida

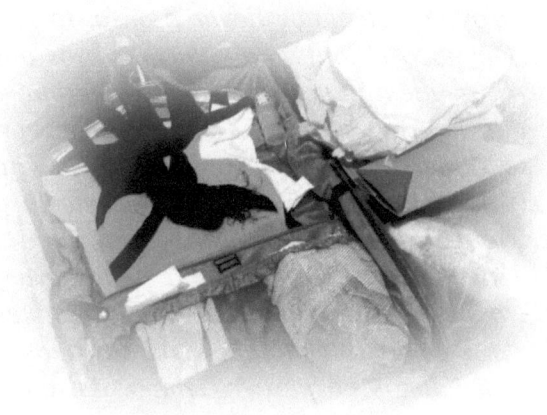

Madre:

Cuando dejaste tu nido para mudarte al mío y me propusiste vivir juntas, te trajiste contigo una libreta que hacía años yo te había regalado.

Aunque sus páginas estaban en blanco porque según tú no querías gastarlas, la cubierta estaba sucia por haber estado sobre la mesa de hierro de la terraza acumulando los famosos polvos del desierto del Sahara. La cubierta también estaba tiznada por estar junto a tu cenicero acumulando cenizas sobrantes de los cigarrillos que disfrutaste junto a ella; allí junto a la mesa de hierro que los huracanes Irma y María no pudieron destruir, a pesar de que María te dejó a ti y a la mesa de hierro sin techo. Es evidente que en la cubierta de esta libreta y en sus hojas todavía en blanco, convivieron en armonía el coctel de toxinas que también acumularon tus pulmones a través del tiempo.

Nunca te pregunté por qué te trajiste esta libreta entre las pocas pertenencias que apresuradas atacuñamos en la bolsa de lona en que transportaste los pocos tesoros que elegimos llevar a casa, tu penúltima morada. Tampoco vi lógico que durante esos años solo alcanzaras a identificar la primera página con tu nombre y la información de tu domicilio, asegurándote de que se supiera que era propiedad tuya. Quizás la cuidaste y la dejaste en blanco porque me la quisiste devolver ya que no la necesitases.

El tiempo que nos quedaba juntas era justo y preciso. No me dio para tratar de obtener respuestas sin angustiarte. Y como el tiempo perdido hasta los muertos lo lloran, decidimos no perder tiempo. Así que miré y callé tantas cosas...

La tomo como uno de los tantos regalos que me devuelves. Afortunadamente, siempre estuvimos de acuerdo en poner los regalos a la entera disposición del que los recibía, aunque esa entera disposición fuera "pasarla pa'lante". Si así ha sido... ¡Gracias por tanto!

Te amo, yo.

Epílogo

Todavía confío en la bondad del ser humano...
a pesar de la falta de humanidad de muchos.